Sur l'auteur

Anne Perry, née en 1938 à Londres, est aujourd'hui célébrée dans de nombreux pays comme la reine du polar victorien grâce au succès de ses deux séries, les enquêtes de l'inspecteur amnésique William Monk, et celles du couple Charlotte et Thomas Pitt – dont le fils, Daniel, a pris ensuite la relève à l'orée du XXe siècle. Elle s'est également intéressée à d'autres périodes historiques telles que le Paris de la Révolution française (*À l'ombre de la guillotine*), la Première Guerre mondiale (la saga des Reavley), ou encore Byzance au XIIIe siècle (*Du sang sur la soie*). Anne Perry partage sa vie entre Inverness (Écosse) et Los Angeles.

ANNE PERRY

UN NOËL AU BORD DE LA TAMISE

Traduit de l'anglais
par Pascale Haas

INÉDIT

10
18

Grands détectives

créé par Jean-Claude Zylberstein

Titre original :
A Christmas Revelation

ISBN 978-2-264-07605-2
Dépôt légal : novembre 2020

Planté au milieu du trottoir, Worm la dévorait des yeux, émerveillé. Au cours de ses neuf années d'existence, jamais il n'avait vu une femme aussi belle. On aurait dit un rayon de soleil dans une journée de grisaille : elle n'était que lumière, chaleur et douceur vers lesquelles on ne pouvait s'empêcher de se tourner. Elle marchait comme tout le monde aurait dû le faire : calmement, la tête haute, un sourire aux lèvres. Certaines personnes avaient beau sembler en faire autant, si on observait bien la jeune femme, on voyait qu'elle ne souriait pas parce que quelque chose l'amusait, mais comme si elle avait connaissance de quelque chose de beau à partager, si toutefois on avait pris le temps de s'arrêter pour l'écouter.

Cependant, personne ne le faisait. Tous les gens passaient près d'elle sans la voir, vaquaient à leurs affaires et couraient comme s'ils étaient en retard ou avaient peur de rater une occasion. Il y avait des charrettes de légumes sur le chemin du marché, un grand chariot de brasseur tiré par des chevaux magnifiques aux cuivres rutilants, un garçon qui vendait des pommes dans une brouette, et un fiacre splendide dont le cocher abattait son fouet sur les oreilles du cheval, mais celui-ci aurait-il pu avancer plus vite au milieu d'une telle circulation ?

La dame était en train de parler à un homme qui n'avait plus qu'une jambe. Appuyé sur sa béquille, il essayait de sa main libre de prendre quelque chose dans sa poche.

La dame lui fit une remarque en souriant, puis elle prit un second bouquet de bruyère blanche sur le plateau que l'unijambiste portait autour du cou et lui toucha doucement le bras pour lui faire comprendre qu'il était inutile qu'il lui rende la monnaie.

L'homme devait être un soldat qui avait fait la guerre de Crimée. Worm en avait entendu parler. Cette guerre avait eu lieu douze ans auparavant, de 1854 à 1856 – longtemps avant sa naissance –, mais aussi bien ceux qui l'avaient vécue que ceux qui ne l'avaient pas vécue y avaient perdu quelqu'un, et ils ne pouvaient l'oublier.

La dame au visage radieux s'éloignait. L'unijambiste la regarda partir un sourire aux lèvres. D'un coup, sans même l'avoir décidé, Worm la suivit. Il ignorait où elle allait, mais il avait envie de la voir encore un peu. Il savait qu'il ne se perdrait pas. Il avait toujours vécu dans ce quartier, aux abords de la Tamise, du moins jusqu'au début de l'été précédent, où quelqu'un l'avait emmené vivre à la clinique de Portpool Lane. Sur les berges, il ne s'était pas mal débrouillé, ramassant ici et là des morceaux de charbon qu'il vendait, ou des bouts de cuivre lorsqu'il avait de la chance. Il connaissait bien les environs.

S'il arrivait en retard, Claudine se fâcherait, mais, après l'avoir grondé un peu, elle lui pardonnerait.

Comme elle lui pardonnait toujours. Même quand il lui avait manqué une dent sur le devant – les nouvelles avaient presque fini de pousser –, le sourire marchait chaque fois.

La dame avançait assez vite. Worm faillit la perdre. Et sans doute l'aurait-il perdue si les nuages ne s'étaient pas soudain déchirés en laissant passer un rayon de soleil qui tomba sur elle et fit resplendir sa chevelure. Il bouscula un homme engoncé dans un gros manteau, juste à temps pour en voir un autre aux cheveux poivre et sel s'approcher de la dame et l'attraper par le bras.

La jeune femme tressaillit – il l'avait agrippée trop fort – et fit volte-face en le regardant avec de la colère dans les yeux. Puis elle sembla se faire une raison, se redressa légèrement et lui dit quelque chose que Worm était trop loin pour entendre, mais on voyait bien à son visage qu'elle était furieuse.

L'expression de l'homme se mua en un ricanement mauvais tandis qu'il la tirait vers lui. Personne dans la foule n'y prêta attention. Avait-elle une dispute avec son père ? ou avec un employé ? Les vêtements de la dame étaient ordinaires ; seule la grâce avec laquelle elle les portait donnait l'impression contraire.

L'homme la tira de nouveau sans ménagement. Elle résista et, de sa main libre, le gifla en pleine figure. Aussitôt, elle parut terrifiée, comme si elle se rendait compte trop tard de ce qu'elle venait de faire.

Fou de rage, l'homme marmonna quelque chose.

Worm courut vers eux en criant à tue-tête :

— Arrêtez ! Arrêtez !

Sans doute ne pourrait-il rien faire, mais il fallait essayer. Il savait se servir de ses poings et il tapait dur ! Et s'il attrapait la main de quelqu'un, il pouvait mordre. Il fonça sur l'inconnu tête baissée dans l'intention de lui donner un coup dans le ventre.

Au même moment, un autre homme, nettement plus jeune, apparut. Il était plus grand, plus mince et rasé de près.

— Imbécile ! cria-t-il au plus âgé.

Et avant que celui-ci ait pu molester de nouveau la dame, ou que Worm ait pu le percuter, le jeune homme entraîna la femme à l'écart. Elle trébucha, mais il l'obligea à se tourner et l'emmena avec lui. Après s'être débattue un instant, elle parut renoncer et le suivit docilement. Peut-être avait-elle peur qu'on ne la maltraite… ou pire encore ?

L'homme plus âgé proféra un juron et leur emboîta le pas. Personne ne semblait avoir remarqué la présence de Worm, qui se faufila entre deux femmes chargées de ballots de linge. Elles étaient tellement absorbées dans leur conversation qu'elles se contentèrent de lui donner une tape sur la tête sans cesser de parler une seule seconde.

Worm voyait l'homme âgé, derrière lequel il se précipita quand un espace s'ouvrit dans la rue, entre la brouette d'un marchand de quatre saisons et un fiacre dont le cocher criait à tout le monde de dégager le passage. Autant hurler face à la marée montante ! songea l'enfant. Cependant, certaines personnes se sentaient mieux lorsqu'elles râlaient. Ça leur donnait l'impression d'exister.

Il vit l'homme âgé tourner dans une ruelle. Worm savait qu'il ne fallait pas s'aventurer dans les coins sombres, mais cette fois, il ne pouvait pas faire autrement. Il passa en courant près d'une vieille femme qui tenait un chien en laisse, puis bifurqua à l'angle à son tour et remercia le ciel, s'il existait, en constatant que l'homme était toujours en vue, pas très loin. Il venait de rejoindre le jeune homme qui tenait la dame avec poigne. Est-ce qu'elle allait bien ? Lui avait-on encore fait du mal ?

S'il ne voulait pas se faire repérer, Worm devait rester là. Mais dans ce cas, il ne saurait pas de quel côté ils étaient partis. À quoi bon suivre quelqu'un si on n'allait pas jusqu'au bout ? Il avança en vitesse. Les semelles de ses bottines étaient si fines qu'elles ne faisaient aucun bruit – elles ne tarderaient pas à avoir des trous, mais il ne voulait pas en parler à la clinique, parce qu'il savait qu'ils avaient besoin de tout l'argent disponible pour les malades. C'était déjà bien beau qu'ils lui donnent tous les jours à manger ainsi qu'une chambre à lui, avec un vrai lit et des couvertures. Il n'avait pas envie d'en demander davantage.

Au bout de la ruelle, les inconnus tournèrent à gauche. Ils étaient maintenant à l'intérieur des terres, à une certaine distance de la Tamise, dans un quartier que Worm ne connaissait pas très bien. Le sien, c'était le fleuve ; en tout cas, ça l'avait été. Désormais, il vivait au cœur de la ville, à l'ouest de la partie des quais qu'il connaissait le mieux. Là, ils se dirigeaient vers l'est, vers Mile End.

Néanmoins, il fallait qu'il découvre où ils emmenaient la dame. Pendant ce qui lui parut un long moment, il les suivit en silence. Il apercevait toujours la jeune femme, mais il ne voyait pas si elle se débattait, ou s'ils la tenaient d'une main si ferme qu'elle ne le pouvait pas. Elle devait avoir peur.

Le petit garçon était en train de les rattraper. Accélérant le pas, il se faufila de justesse devant un chariot, ce qui lui valut une bordée de jurons de la part du cocher. Sans doute choqué par ce langage fleuri, l'homme âgé se retourna. Un instant, son regard croisa celui de Worm, qui se figea sur place. Le chariot passa si près que le cocher lui flanqua un coup sur l'oreille. Il eut beau avoir mal, il fit comme si de rien n'était.

Sans lâcher la dame, l'homme âgé cria à Worm :

— Va-t'en d'ici, sans quoi je te botte les fesses jusqu'à ce que tu n'aies plus de peau sur les os !

La jeune femme se retourna et aperçut l'enfant qu'elle sembla reconnaître ; apparemment, elle se souvenait de lui. Alors qu'elle ouvrait la bouche pour dire quelque chose, le jeune la tira d'un geste si brutal qu'elle se cogna contre lui.

Des marchands qui poussaient une charrette de légumes passèrent devant Worm et, lorsqu'il put regarder de nouveau, la chaussée était déserte. La dame avait disparu, tout comme les deux hommes qui l'entraînaient de force.

Le petit garçon les chercha un long moment sans les apercevoir nulle part. Étaient-ils entrés dans une maison ? Il ne pouvait pas demander à quelqu'un : « Avez-vous vu une dame qui sourit et qui a du soleil dans les cheveux ? Et deux hommes qui l'emmenaient quelque part où elle ne voulait pas aller ? »

Il n'y avait plus rien d'autre à faire que rentrer à la clinique. Il avait faim, il avait froid, il avait mal aux jambes. Maintenant, sa botte était trouée pour de bon ; cette nuit, il allait geler. Mais à quoi d'autre s'attendre ? Ce serait bientôt Noël.

À pas lents, le petit garçon repartit vers l'ouest. D'ici peu, il croiserait une grande artère qu'il reconnaîtrait.

Au moment où Worm arriva, Squeaky Robinson était dans son bureau, en train de faire les comptes de la clinique de Portpool Lane. Il était âgé d'une soixantaine d'années ; il refusait d'être plus précis. Avec l'argent, il l'était toujours, et au sou près ! Mais en ce qui concernait l'âge, celui de n'importe qui, une telle précision n'était pas nécessaire. Plutôt grand et efflanqué, Squeaky portait une redingote noire tout au long de l'année, quel que soit le temps. Il avait un visage lugubre, des dents qui semblaient ne respecter aucun ordre et des cheveux blancs qui traînaient sur ses épaules. Sa façon de tenir les comptes était avisée, inventive et méticuleuse.

Par le passé, il avait possédé deux grandes maisons à Portpool Lanes, qu'il avait transformées en bordel. Cependant, après avoir été déchu de son titre de propriété par sir Oliver Rathbone, comme il n'avait nulle part ailleurs où aller, il avait été autorisé à résider là, à la condition qu'il s'occupe de la comptabilité pour le nouveau propriétaire et qu'il gère l'établissement devenu une clinique qui accueillait des femmes de la rue ayant besoin de soins médicaux, des prostituées plus ou moins en activité. Ce projet était celui d'une femme qui avait été infirmière militaire en Crimée aux côtés de Florence Nightingale. Une femme complètement folle, mais courageuse. Squeaky lui reconnaissait cela. En réalité, il lui aurait volontiers donné tout ce qu'elle demandait, mais, Dieu merci, elle l'ignorait.

Pendant plusieurs années, il était arrivé au comptable de protester contre l'injustice d'un tel arrangement. Désormais, c'était fini. De trop nombreuses personnes avaient compris que cette situation lui plaisait. Dire qu'il était respectable eût été exagéré – ça aurait eu tout l'air d'une notice nécrologique ! Néanmoins, par moments, il s'approchait de la respectabilité.

Quand Worms frappa à la porte du bureau et entra sans attendre d'y avoir été invité, Squeaky leva les yeux. L'enfant, qui paraissait fatigué et désemparé, faillit trébucher sur la semelle déchirée de sa bottine.

— Qu'est-ce qu'il y a ? aboya Squeaky.

Voir la maison transformée en une sorte d'hôpital était déjà assez difficile, il ne la laisserait pas devenir en plus un orphelinat !

Worm ferma la porte et se planta devant, l'air minuscule et très malheureux. Squeaky se dit qu'il le faisait exprès. Pendant longtemps, l'enfant avait survécu tout seul au bord de la Tamise, et apitoyer les gens était probablement sa manière à lui de s'en sortir.

Le petit garçon prit une grande inspiration.

— J'ai vu une dame que deux hommes ont emmenée. Elle ne voulait pas, mais ils l'ont forcée. Et comme j'étais trop loin pour lui venir en aide, je l'ai suivie pour voir où ils l'emmenaient. Je sais où c'est… enfin, presque…

Que répondre à cela ? En regardant le visage de l'enfant, Squeaky comprit que discuter ne servirait à rien. Il était évident qu'il n'était pas allé parler de ce mystère à Claudine Burroughs. C'était elle qui avait insisté pour que Worm reste à la clinique. Ah, c'était bien les femmes… des sentimentales ! Surtout avec les enfants. Elle gâtait Worm, était toujours en train de lui donner à manger.

Claudine était une femme d'âge moyen extrêmement respectable. En réalité, plus que respectable ; elle était aisée, pour ne pas dire riche. Dieu seul savait pourquoi elle tenait à passer son temps dans un endroit pareil alors qu'elle avait quelque part un mari fortuné et une belle maison ! À la vérité, Squeaky savait pourquoi, mais il feignait de l'ignorer. Il trouvait ça plus… gentil. Car personne n'a envie d'avouer sa solitude. La première fois qu'il avait vu Claudine, il ne lui avait manifesté que du dédain, il avait même dit à l'infirmière qui avait fait la guerre de Crimée qu'elle ne valait rien.

Cependant, par la suite, il s'était produit une chose étrange. Il avait découvert que Claudine valait bien plus qu'il ne l'avait supposé, et qu'elle faisait preuve dans ses jugements sur les autres de davantage de générosité qu'il n'en avait – à commencer par l'opinion qu'elle avait de lui ! Toute femme de caractère aurait détesté avoir un mari dominateur à l'esprit mesquin. Elle était mieux ici, et elle le savait.

Toutefois, dans la situation présente, Claudine ne serait d'aucune utilité, et c'était parce que Worm s'en doutait qu'il s'était adressé à Squeaky.

Ce dernier aurait dû en être ravi. Or, il ne l'était pas du tout. Le gamin se montrait simplement pragmatique. Il n'était pas venu parce qu'il avait confiance en lui.

Tandis que Worm attendait, l'espoir s'amenuisait peu à peu dans son regard.

— Presque ? répéta Squeaky, en haussant un sourcil.

— Oui. Je les ai suivis dans la rue où ils ont disparu.

— Disparu ?

L'enfant marqua un temps.

— Ils sont entrés quelque part.

— Dans quelle rue ?

— Je ne sais pas… Mais je me rappelle où c'est ! Je peux vous emmener là-bas…

— Ah ? Et je ferai quoi, une fois là-bas ? En supposant que tu arrives à retrouver l'endroit ?

— J'y arriverai !

— Pour quoi faire ?

— Retrouver la dame ! La sauver de ces hommes. Ils vont…

— Ils vont quoi ?

Squeaky cherchait des prétextes, il le savait, et, plus important, Worm le savait également. Le comptable était honnête. Sauf quand il était délibérément malhonnête, ce à quoi il y avait toujours une raison.

— Tu n'y peux rien. Peut-être que ces hommes sont ses frères… ou que l'un d'eux est son mari.

Worm n'avait pas de famille qui lui permettait de comparer ce genre de relations. Son visage se remplit d'embarras, auquel s'ajouta une sorte de désappointement à l'idée que ces relations semblent à ce point désolantes.

Immédiatement, Squeaky regretta sa remarque.

— La plupart des familles sont gentilles…

Les mots se coincèrent dans sa gorge. Lui non plus n'avait pas de famille. Autant qu'il s'en souvienne, il n'en avait jamais eu. Il décida de faire un gros effort.

— … mais il existe des gens mauvais…

C'était ridicule ! Pour l'amour du ciel, le môme le savait bien !

— Il arrive à certains de perdre leur calme, ajouta-t-il. Surtout quand ils ont peur. Peut-être qu'ils croyaient l'avoir perdue !

— Elle n'était pas perdue, affirma l'enfant.

— Comment le sais-tu ?

Un doux sourire illumina le petit visage.

— Parce qu'elle souriait. Elle était là, tout éclatante au soleil… et heureuse.

— Il n'y a pas de soleil aujourd'hui. On est en décembre !

À peine cette phrase eut-elle franchi ses lèvres que Squeaky s'en voulut. Il venait de gâcher quelque chose sans aucune nécessité.

— En tout cas, pas ici, reprit-il, tentant de se rattraper. Peut-être qu'il y avait du soleil dans le coin où tu étais.

Il se retint de demander à l'enfant où il était allé, et pour quelle raison.

— Elle n'était pas perdue, répéta Worm. Et elle ne voulait pas aller avec eux, mais ils la tiraient, très fort ! Pour l'obliger.

Squeaky chercha comment mettre un terme à toute cette histoire avant qu'il ne soit trop tard.

— Tu ne sais rien de ce qui s'est passé. On ne peut pas arpenter les rues et frapper aux portes en demandant si des gens se sont disputés ! Ils le font probablement tous de temps à autre… Et puis, ce ne sont pas nos affaires.

Une idée lui traversa l'esprit.

— Si Miss Claudine commettait une erreur, ou si elle cassait un objet précieux – à supposer qu'il y eût ce genre de choses ici –, est-ce que tu irais le raconter à tout le monde ?

— Non ! s'indigna l'enfant. Bien sûr que non !

— Tu comprends ?

— Oh…

Il était temps de changer de sujet, pour empêcher que le gamin ne réfléchisse trop.

— Parfois, on se perd, et on ne veut pas être retrouvé, mais parfois, si. C'est d'ailleurs pour cette raison qu'on se perd.

À la vérité, il repensait à l'époque où Claudine avait fait une erreur stupide : elle avait quitté la clinique et s'était perdue. C'était Squeaky qui l'avait retrouvée. Il se souvenait très bien de l'incident. Il l'avait aperçue à des kilomètres de la clinique, transie de froid, trempée et affolée, recroquevillée comme une petite fille. Lorsqu'elle l'avait reconnu, et bien qu'elle ait été gênée, elle avait pleuré de soulagement. Il ressentait encore une agréable chaleur étrange en revoyant son visage. C'était la première fois qu'ils s'étaient vus l'un et l'autre en tant que personne, dotée de sentiments qu'ils étaient à même de comprendre. Claudine n'avait rien d'une femme riche et sarcastique qui condescendait à aider les pauvres, histoire de se prouver à elle-même et à ses voisins qu'elle était une bonne chrétienne – quoi que cela signifie ! C'était une femme seule, emprisonnée dans un mariage vide de sens, dépourvu de joie ou de réelle affection.

Tout comme lui-même n'était pas un ancien tenancier de bordel débraillé et indigne en qui on ne pouvait avoir aucune confiance, et encore moins lorsqu'il était question d'argent. Depuis qu'Oliver Rathbone – pardon, sir Oliver Rathbone – lui avait confié la comptabilité de la clinique, Squeaky avait justifié, et en toute honnêteté, la dépense de chaque penny.

— Noël approche, dit-il pour changer de sujet, et se débarrasser de l'impression qu'il ne contrôlait en rien sa vie, pas plus que les sentiments qui le prenaient au dépourvu. Nous avons des tas de choses à faire.

Worm papillonna des yeux d'un air intrigué.

— Pourquoi ?

— Parce que Noël est un moment spécial ! Différent de tout le reste de l'année.

Il l'avait dit comme s'il s'agissait d'une évidence, mais, en réalité, il avait du mal à trouver une bonne raison, sinon que les gens avaient besoin d'une cause à célébrer. La majeure partie de la journée, il faisait sombre ; c'était même la période la plus sombre et la plus sinistre de l'année. Le froid était mordant et, parfois, il neigeait, ce qui était certes charmant, mais entraînait de multiples problèmes. Lorsque la neige fondait, elle devenait grise, molle et toute mouillée. C'était un moment rêvé pour faire la fête. Et Noël était une fête formidable. Il y avait des décorations, de la musique, des cloches qui carillonnaient, des bonnes choses à manger, et tout le monde était aimable pendant environ trois jours, notamment avec les inconnus.

Worm attendait toujours sa réponse. Il ne savait rien de Noël et allait reparler de la dame aux cheveux resplendissants.

— On offre des cadeaux aux autres, reprit Squeaky, qui lisait dans les pensées de l'enfant et avait décidé de l'en distraire en évoquant la première chose qui lui avait traversé l'esprit. Des choses qu'on pense qu'ils aimeront bien.

Worm écarquilla tout grands les yeux. Voilà qui s'annonçait prometteur. Cependant…

— Et la dame ? Si ce n'était pas son mari ou ses frères qui l'avaient emmenée ?

— Tu m'écoutes, oui ou non ? Noël est plus important que tout. On emballe les cadeaux dans du papier de couleur et on met des rubans autour pour que ce soit joli.

— On les donne à qui ? Il faut que ce soit à la famille ?

— Mais non !

Squeaky rejetait l'idée avec morgue. N'ayant jamais eu de famille, il était particulièrement peiné que Worm n'en ait pas non plus. Un enfant devrait au moins avoir une mère !

— Les plus beaux sont pour les amis. Ou des personnes que l'on aime…

Il se creusait la tête pour trouver des idées.

— Ou quelqu'un qu'on ne connaît pas très bien, mais qu'on voudrait rendre heureux. On n'est même pas obligé d'écrire son nom sur le cadeau.

Il vit l'air horrifié de Worm.

— En général, on écrit à qui le cadeau est destiné et de qui il vient, mais on peut ne pas préciser qui on est et écrire simplement « un ami ».

Le petit garçon esquissa un sourire. Squeaky crut deviner à quoi il pensait, néanmoins certaines pensées doivent rester privées.

— Et on décore la maison, s'empressa-t-il d'enchaîner. Toutes les pièces, et parfois l'extérieur : on accroche une couronne de houx sur la porte.

— C'est quoi une couronne ?

— Des feuilles et des branches tressées en forme de cercle. À peu près grand comme ça, ajouta-t-il en écartant les mains d'une cinquantaine de centimètres. Et on met dessus des rubans de satin rouge et quelquefois du houx, des baies rouges ou des guirlandes, de longues bandes pailletées et argentées qui brillent dans la lumière.

— Et on laisse la couronne dehors ?

— Oui.

— Je n'en ai jamais vu… Qui aurait de l'argent à dépenser pour décorer une porte ?

— Eh bien, cette année, tu verras ! C'est ce qu'on va faire. Toi et moi.

Voilà qui lui ferait oublier la femme aperçue dans la rue ! Et ce serait bien pour les patientes, s'il en restait encore à Noël. Décorer la maison… Pourquoi pas ? Les personnes solitaires n'avaient pas grand-chose de mieux à faire durant les jours gris de l'hiver. Ils devraient faire en sorte que ce soit un grand moment. Préparer un pudding de Noël. Et aussi un autre gâteau ! Accrocher des rubans rouges un peu partout. Il connaissait même une boutique où on vendait des bougies rouges. Au diable le budget ! Si les riches avaient le droit d'apprécier Noël, ils pouvaient bien se donner l'impression d'être vertueux en versant un petit supplément à la clinique à l'approche du Nouvel An !

— On mettra des bougies rouges, annonça Squeaky. Et on fera un pudding de Noël.

— C'est quoi ?

— Comme un pudding aux raisins, mais dix fois meilleur.

Worm le dévisagea avec une franche incrédulité. Rien ne pouvait être meilleur que le pudding aux raisins !

— Tu verras, dit Squeaky en espérant qu'il serait en mesure de tenir parole.

Ne pas respecter la promesse faite à un enfant était une chose épouvantable, pour ne pas dire impardonnable, et encore plus au moment de Noël.

— C'est ça qu'on va faire ? demanda Worm, le regard rempli de doute.

— C'est ce que je viens de t'expliquer, non ?

Le petit garçon prit une grande inspiration pour dire quelque chose, puis se ravisa.

Parfait, songea Squeaky. Il venait de marquer un point.

— Allons, ne reste pas planté là ! le rabroua-t-il. Il faut qu'on s'y mette. D'abord, on doit trouver les décorations. Des guirlandes, en quantité, et des rubans et du papier de couleur pour emballer les cadeaux. Et aussi des bougies rouges. Les blanches, c'est bon pour tous les jours, mais pas pour Noël. Et il faudra également des pommes de pin.

— Pourquoi des pommes de pin ? C'est quoi une pomme de pin ?

— Cesse de m'interrompre ! C'est un truc qui pousse sur les sapins. J'imagine qu'on devra aussi trouver un sapin…

Il jeta un regard noir à l'enfant pour avoir soulevé le sujet. Maintenant, il allait devoir dénicher un arbre de Noël ! Et tout ça était la faute du prince Albert qui avait ramené des idées allemandes en Angleterre parce qu'il avait épousé la reine ! Le pauvre homme était mort. Envoyer des cartes de vœux était probablement aussi une idée allemande…

Worm l'arracha à ses réflexions :

— Ça se mange ?

— Quoi donc ?

— Les pommes de pin.

— Non, ça sert à décorer… et ça sent bon. Allons, ne reste pas là ! On a plein de choses à faire. À commencer par dresser une liste.

Squeaky envisagea un instant de lui confier cette tâche. Worm savait plus ou moins écrire – encore grâce à Claudine –, seulement son écriture n'était pas toujours lisible. Ce n'était peut-être pas le moment de lui imposer cette tâche.

— Je vais écrire, reprit-il. Toi, tu vas m'aider à penser à ce qu'il nous faut. Prends la chaise et assieds-toi.

L'enfant obéit, sans le quitter des yeux une seconde. Il découvrait une facette du comptable qu'il n'avait encore jamais vue.

Squeaky se demanda dans quoi il s'était embarqué. Cependant, il était trop tard pour revenir en arrière. Plaise au ciel que Claudine accepte l'idée et l'autorise à dépenser tout l'argent qui restait ! Les donateurs de la clinique remplaceraient la somme de manière à acheter l'indispensable, comme la nourriture, les médicaments et le bois pour se chauffer.

— Pourquoi on décore les choses avec des rubans ? s'enquit Worm.

Ce maudit gosse était d'une curiosité insatiable ! Et il semblait croire que Squeaky avait la réponse à tout.

— Parce que c'est beau ! dit-il d'un ton acerbe tout en écrivant « RUBANS » sur une feuille et, à la ligne suivante, « GUIRLANDES ».

— Pourquoi des rouges ?

— Parce que c'est joli ! C'est une couleur joyeuse !

Il jeta un regard à l'enfant pour le dissuader d'argumenter.

Worm hocha la tête.

— Pourquoi est-ce qu'on est joyeux à Noël ? C'est pour qu'on se sente mieux quand tout est gelé et qu'il n'y a pas de fleurs ni rien ?

— Non ! Bien sûr que non. C'est…

Squeaky eut du mal à trouver une réponse qui ait du sens aux yeux d'un enfant qui n'avait jamais eu un foyer, ni une personne qui l'aimait, et certainement aucune éducation religieuse. Étant donné tout ce qu'il avait vécu, les histoires traditionnelles lui paraîtraient ridicules, et douloureuses. En réalité, c'était ce que lui-même en pensait. Mais, l'espoir qu'il voyait dans le regard de Worm l'empêchait de l'avouer. Ce petit s'attendait à des miracles !

— Il y a très longtemps, il y a des centaines et des centaines d'années, voire des milliers… commença-t-il, trouvant déjà que ça sonnait creux. Il y a très longtemps, un bébé spécial est né. Il était censé sauver le monde, et les gens, du moins quelques-uns, savaient qu'il allait le faire. Il s'est alors produit toutes sortes d'événements qui n'avaient jamais eu lieu auparavant. Il y avait des lumières dans le ciel, des anges, d'après certaines personnes. Et de la musique. Les anges chantent, tu ne le savais pas ?

Worm fit signe que non.

— Eh bien, si. Et des bergers qui gardaient leurs moutons ont vu ça et entendu ce qu'ils chantaient… Ils ont compris. Ils ont su que le bébé était né. En fait, il était né dans une étable. Tu sais ce qu'est une étable ?

— Évidemment. C'est là où vivent les chevaux. Il y en a à l'arrière des grandes maisons, pour que les gens puissent remiser leurs calèches.

Visiblement, l'idée de naître dans une étable ne paraissait pas bizarre à l'enfant ; peut-être était-ce d'ailleurs là que lui-même était né. Ce qui valait mieux que dans un taudis crasseux et surpeuplé.

— Ils sont allés voir le bébé, poursuivit Squeaky, qui cherchait à se rappeler l'histoire de Noël. Et aussi trois Rois mages, venus de très, très loin, qui voyageaient sur des chameaux.

— C'est quoi un chameau ?

— Un grand animal sur lequel on monte. On n'en a pas en Angleterre… Mais arrête de m'interrompre ! Les Rois mages ont apporté des cadeaux au bébé. C'est pour cette raison qu'on offre des cadeaux aux gens. Ils lui ont apporté des choses très précieuses parce qu'ils étaient riches, mais ce qu'on donne n'a pas d'importance, du moment qu'on pense que ça plaira à la personne.

— Est-ce qu'il y avait un cheval dans l'étable ?

— Naturellement ! s'exclama Squeaky, qui n'en avait pas la moindre idée mais se disait que ce serait bien. Et les chameaux aussi étaient là. C'était une grande étable. Toutes sortes de créatures savaient que ce bébé était spécial, même si la plupart des gens ne le savaient pas.

— Comment ?

— Comment quoi ?

— Comment elles le savaient ?

— Parce que les animaux comprennent la parole de Dieu bien mieux que les gens !

Qu'est-ce que j'en sais ? songea Squeaky. L'enfant semblait satisfait de sa réponse. Il passa en vitesse à des célébrations plus modernes, où il se sentait en terrain plus sûr.

— Tu as déjà entendu les cloches de Noël. Les cloches des églises qui ne sonnent pas comme tous les dimanches ?

— Je crois.

— Et tu as vu les chanteurs de cantiques dans les rues. Tu les as entendus ?

— Oui.

Cette fois, Worm en était certain.

— Est-ce qu'ils chantaient des chansons qui parlaient du bébé, de Noël, des Rois mages et de tout ça ?

— Oui. « J'ai vu trois bateaux... »

— Quoi ? Que viennent faire là trois bateaux ?

— Ils chantent que trois bateaux arrivent, répondit patiemment l'enfant. Ça veut dire quoi ?

— Aucune idée. On se renseignera. Si toutefois quelqu'un le sait... Dis, tu vas arrêter de m'interrompre ?

— Oui.

Worm ne le quittait pas des yeux et retenait son souffle.

Squeaky commença à se sentir mal à l'aise. Il se rendait compte qu'il connaissait peu de choses sur Noël. Ce n'était pas seulement du folklore, une tradition, ce que les gens racontaient et faisaient parce que leurs parents l'avaient fait et que ça les rassurait.

— Toutes ces choses ont un sens, affirma-t-il. Mais souvent, on a oublié lequel. Ce moment nous rappelle qu'il est venu pour nous tous, sans exception, aussi doit-on essayer d'être plus ou moins gentil avec les autres.

Worm le regarda d'un air sceptique.

— J'ai bien dit « essayer » ! On va commencer par le faire avec Miss Claudine, et avec tous ceux qui seront là au moment de Noël. Tu as compris ?

L'enfant sourit.

— Oui, qu'est-ce qu'on va faire ?

Squeaky n'en avait pas la moindre idée.

— On va préparer un repas spécial, décorer la maison avec des bougies, des rubans et... d'autres choses. Et faire en sorte que personne ne soit exclu, absolument personne. Et puis on chantera des cantiques et... je ne sais pas quoi. Je n'ai pas encore décidé.

Brusquement, il eut une idée.

— On pourrait faire une crèche !

— Une quoi ?

Worm était complètement perdu, mais il avait l'air content. Il croyait tout ce que racontait Squeaky ; c'était très énervant.

Ce dernier s'efforça de se souvenir de ce qui se passait dans une crèche. Il se rappelait en avoir vu une dans une église quand il était petit. Il revoyait très bien la mère et l'enfant, ainsi que l'âne et les deux ou trois agneaux. Les personnages étaient-ils des bergers... ou des rois ? Des rois, ce serait plus amusant !

— Dedans, il y aura tous ceux qui sont venus voir le bébé, qui comprennent à quel point il est important, dit-il avec assurance.

— Pourquoi il est important ?

— Parce qu'il va faire... quelque chose... pour que tout ce qu'on a fait de mal nous soit pardonné, à condition qu'on le regrette.

La réponse paraissait incomplète, mais il ne pouvait pas faire mieux. En général, Squeaky avait un point de vue acerbe sur la religion. D'après lui, elle rendait les gens moralisateurs ; ils manquaient d'humour ou de gentillesse et étaient très enclins à juger les autres. Certes, il y avait des exceptions, mais ces personnes-là ne parlaient pas de religion. C'était simplement des personnes bien, la religion n'avait rien à voir. Ça faisait partie de ce qu'elles étaient.

Worm le dévisageait, l'air pas vraiment satisfait.

— Il était tellement... gentil... qu'il comprenait tout le monde.

Squeaky se creusait les méninges pour trouver une explication qui lui semblerait crédible. Comment voulait-il que le gamin y croie si lui-même n'y croyait pas ?

— Comment il faisait ? rétorqua Worm.

Squeaky se demanda si ce qu'il percevait dans son regard était de la curiosité ou du doute.

— Je te l'ai dit, il était très spécial. Quand on aime quelqu'un, on l'écoute avec patience et on cherche à le comprendre. Et quand on le comprend vraiment, on n'est pas toujours d'accord avec lui, mais on l'aime quand même.

L'enfant hocha la tête. Apparemment, la réponse lui convenait.

— Qu'est-ce qui lui est arrivé ? demanda-t-il.

Squeaky jura en son for intérieur. Plusieurs mots qu'il ne voulait pas prononcer devant le petit garçon, même si, étant donné qu'il avait grandi sur les quais, il avait déjà dû les entendre. Mais peut-être n'en comprenait-il pas encore le sens.

— Ça, c'est une autre histoire… Je te la raconterai à Pâques.

Oui, c'était une bonne idée.

— C'est quoi, Pâques ?

— Ce sera l'année prochaine. Et maintenant, tais-toi ! Noël d'abord. Bon, je ne sais plus où j'en étais…

— On allait faire une… une crèche, lui rappela Worm.

Cette fois, Squeaky réfléchit avant de reprendre la parole.

— Une scène dans une étable, avec le bébé et les gens qui sont venus le voir.

— Comment ils ont su ?

— Je te l'ai déjà dit ! Parce qu'il y avait une étoile qui brillait très fort dans le ciel. On la voyait de partout.

— De partout dans le monde ?

— Oui.

— Oh… Le monde est rond comme un ballon, vous le saviez ?

Évidemment qu'il le savait ! En revanche, il ne se doutait pas que l'enfant aussi.

— Oui, répondit Squeaky. Et il tourne sans arrêt.

Il n'allait tout de même pas s'en laisser conter sur l'astronomie par un gosse de neuf ans !

— Mais les trois…

Avait-il dit des Rois ou des Rois mages ?

— Les trois Rois ne venaient pas de l'autre bout du monde. Ils voyageaient à dos de chameau.

En tout cas, c'était ainsi sur les images dont il gardait un vague souvenir.

— Comment on va trouver des chameaux ? s'inquiéta Worm.

— On n'en aura pas ! Ils ont laissé les chameaux à l'extérieur. On demandera aux dames de nous aider à fabriquer les personnages. Et les animaux. Ce sera leur tâche. Il faut qu'on ait l'aide de tout le monde, sans quoi ce ne sera pas leur Noël à elles aussi.

— Qui d'autre il y a ?

— Le bébé, sa mère et son père. Quelques bergers. Et les trois Rois.

— C'est bien. Est-ce que les Rois ont des habits spéciaux ?

— Mais oui. Tout le monde met ce qu'il a de plus beau pour Noël. Du moment que c'est ce que tu as de mieux, ça va.

Il allait régler ce problème avant que les choses aillent plus loin.

— Mais ce qui compte le plus, c'est le bébé et la mère.

— Est-ce qu'elle est belle ?

Avant que Squeaky ait pu répondre, l'enfant enchaîna :

— Je sais à quoi elle ressemble ! Elle sourit et… et il y a de la lumière dans ses cheveux !

Il cligna des yeux comme pour retenir des larmes qu'il ne voulait pas laisser voir.

Donc, il n'avait pas oublié la dame aperçue dans la rue. Diable ! Squeaky allait devoir trouver d'autres histoires de Noël à raconter pour lui sortir cette maudite femme de l'esprit ! Un rayon de soleil hivernal semblait avoir fait naître un rêve dans la tête du gamin.

— Oui, entre autres choses…

Il chercha désespérément lesquelles. Qu'avait-il entendu comme histoires étant enfant, ou même après ? Les trois Rois avaient apporté des présents. Mais quoi ?

— Des cadeaux, dit-il. Des cadeaux merveilleux, qui avaient un sens pour sa vie.

Et maintenant, il allait devoir énumérer lesquels ! On aurait dit qu'il s'enfonçait de plus en plus.

Assis au bord de sa chaise, Worm l'écouta raconter les aventures des trois Rois. Parfois, il les appelait des Rois mages, mais c'était les mêmes, et parfois, il parlait de mages, seulement Squeaky ne savait pas ce que ça voulait dire. L'enfant s'en rendit compte car, quand il ne savait pas quelque chose qu'il faisait semblant de savoir, il avait la manie d'agiter la main gauche en pliant et dépliant les doigts. Il avait inventé les endroits où les trois Rois s'étaient arrêtés en chemin. Pour l'étoile, en revanche, il était certain, tout comme pour l'importance qu'avaient les présents. Il insista sur le fait qu'il y avait des choses qui parlaient de la vie de l'enfant spécial et de ce que celle-ci serait.

De l'or, parce que c'était un roi, mais pas d'un pays en particulier, de partout et de nulle part. De l'encens, qui avait un lien avec les prêtres, et de la myrrhe, qui avait quelque chose à voir avec la mort. Tout cela était très étrange et n'avait pas grand sens, mais comme Worm voyait que Squeaky y croyait, il ne voulait pas l'embêter en lui posant des questions. Et il était sûr que Squeaky croyait à la femme, la mère du bébé spécial, avec le soleil dans les cheveux comme une lumière dorée qui resplendissait. Il avait envie que ce soit vrai, et il y croyait si peu que l'enfant ne voulait pas le priver de ça. Squeaky aurait de la peine et, comme il ne voulait pas lui faire de la peine, il écouta toutes les histoires, si improbables soient-elles, à propos des Rois, des bergers, des anges et de toutes sortes de choses.

Au bout d'un moment, Claudine vint les avertir qu'il était l'heure de dîner.

— On prévoit Noël, l'informa Squeaky.

Claudine était grande et pas vraiment jolie, mais d'une compagnie agréable. Worm aimait bien sa voix. Elle était douce, et même quand elle était contrariée, ce qui n'arrivait pas souvent, elle était toujours gentille. Et puis elle l'aimait bien, tout le temps, même lorsqu'il se montrait maladroit, oubliait des choses ou faisait exprès ce qu'on lui avait dit de ne pas faire. Elle le punissait, mais elle l'aimait quand même. Que quelqu'un vous aime tout le temps était la chose la plus rassurante du monde.

À l'instant, Claudine avait l'air étonnée.

— Vous prévoyez quoi, exactement ? demanda-t-elle.

— Une oie, répondit Squeaky sans hésiter. Peut-être deux. Combien de personnes seront là… à peu près ?

— Une dizaine. Ou une douzaine. Comptez-en quelques-unes de plus, au cas où il y aurait des bagarres… ou s'il fait très froid et qu'on reçoive des personnes frigorifiées. Il faudra au moins deux oies. J'imagine que vous voulez que je les fasse cuire !

Son expression ne laissait en rien deviner si elle allait accepter ou refuser. Ou poser ses conditions.

— Merci, Mrs. Burroughs, répliqua aimablement Squeaky. Je savais que vous nous aideriez. Je l'avais dit à Worm.

C'était un pur mensonge. Il n'avait jamais rien dit de tel. En réalité, il n'avait même pas parlé d'une oie, ni de deux.

Pendant le dîner, qu'ils prirent dans la cuisine comme tous les repas, Worm, Squeaky, Claudine, Ruby – qui travaillait comme bonne à la clinique depuis si longtemps qu'elle s'y sentait comme chez elle ; peut-être n'avait-elle pas d'autre foyer – et Miss Bellflower, la cuisinière, parlèrent de Noël et de ce qu'ils allaient faire.

Claudine sourcilla sur la dépense. Worm vit le doute dans ses yeux quand Squeaky parla de décorer la maison avec des rubans, des clochettes, des bougies et des guirlandes, et même un sapin. Sa voix se faisait de plus en plus enthousiaste à mesure qu'il parlait. Il avait commencé par jouer pour son public, mais, arrivé à la moitié, il se laissa emballer par son imagination. À moins que ce ne soit un souvenir ? En l'observant, Worm n'aurait su le dire, et lui poser la question ne serait pas seulement indélicat – ou impoli, comme dirait Claudine –, mais cruel. Parfois, on avait besoin de faire semblant. L'enfant le savait. La nuit, sur le quai, il s'était enroulé dans une couverture imaginaire et avait entendu crépiter les flammes d'un feu imaginaire.

Tandis qu'il observait les visages des personnes réunies autour de la table, il se demanda si une oie était vraiment meilleure que du hachis Parmentier, ou si les gens disaient cela uniquement parce qu'ils avaient envie d'en manger. Le gâteau, c'était autre chose. Il devait être spécial.

Mais ce qui faisait briller les yeux des filles, c'était les rubans rouges, l'idée d'un sapin de Noël. À une ou deux reprises, il jeta un regard en douce à Claudine, et il s'aperçut que ce qui lui plaisait le plus était l'enthousiasme des autres. Il le voyait chaque fois que quelqu'un proposait une nouvelle idée, mais, en même temps, il percevait chez elle de la crainte ; le regard qu'elle lançait à Squeaky, entre la gratitude et la colère, trahissait ce que lui inspirait de prendre de tels risques. Seulement, ce serait cruel de les laisser tous tomber.

Cette nuit-là, Worm dormit comme un loir. Il se réveilla toutefois de bonne heure en repensant à la dame avec le soleil dans les cheveux qu'il avait vue la veille. Quand elle était partie avec les deux hommes, elle avait eu peur. Il l'avait compris à l'expression de son visage et à la façon qu'elle avait eue de reculer alors que ses pieds avançaient.

Il aurait dû faire quelque chose. Allongé sur le dos dans le noir, la couverture remontée sous le menton, il réfléchit. Au bout d'un moment, il se leva, attrapa ses habits dans l'obscurité et les enfila, puis il ouvrit la porte pour profiter de la lumière du couloir, mais il trouva ses bottines sans en avoir besoin. Ce jour-là, il allait beaucoup marcher. Il ne fallait pas qu'il y pense, sinon il pourrait s'en effrayer et préférer rester au chaud.

Après avoir lacé ses bottines, il sortit sur la pointe des pieds et referma la porte derrière lui. Tout le monde croirait qu'il faisait la grasse matinée.

En bas dans la cuisine, la grosse pendule indiquait cinq heures et quelque chose, presque six heures. Il avait le temps de prendre un morceau de pain dans le garde-manger et un peu de suif à étaler dessus.

Worm termina de manger, puis se dirigea vers la porte de service. Il entendait ses bottines résonner sur le sol aussi fort que les sabots d'un cheval ; ce n'était sans doute qu'une impression, parce qu'il était tout seul et qu'il faisait une chose que Claudine aurait sans doute désapprouvée. En fait, tout le monde l'aurait désapprouvée !

Il avait enlevé le verrou et allait ouvrir la porte lorsqu'il sentit une main sur son épaule. Sa peur fut telle qu'il poussa un hurlement. Il n'avait rien entendu venir, rien du tout !

— Et où croyais-tu aller ? demanda doucement Squeaky au creux de son oreille.

Il fallut plusieurs secondes à l'enfant avant de recouvrer sa respiration, et sa voix.

— Alors ? insista Squeaky. Tu comptais retourner au lit… avec tes bottines ? ajouta-t-il sur un ton ironique.

Worm réfléchit en vitesse. Quels risques courait-il à mentir ? De toute manière, que savait exactement Squeaky ? Il opta pour la vérité.

— Je dois retrouver la dame. Je sais où elle est allée.

— Dans le noir ? se moqua Squeaky. Hier en plein jour, tu n'as pas réussi à la trouver !

— Le temps que j'arrive là-bas, le jour sera levé. Il est… il est bientôt six heures.

Squeaky demeura silencieux un si long moment que le petit garçon crut s'être trompé d'heure. Pourtant, il était certain que la petite aiguille indiquait les heures et la grande, les minutes.

— Je vais t'accompagner, finit par dire Squeaky. Dieu seul sait dans quoi tu es capable d'aller te fourrer ! Vas-y, avance… Tu ne peux pas traverser la porte, il faut d'abord l'ouvrir !

De crainte qu'il ne change d'avis, l'enfant détourna les yeux et obéit. La porte était dure, elle résistait. Perdant patience, Squeaky la poussa et l'ouvrit à toute volée. Dehors, l'air était glacial. Du givre tapissait les marches. Elles devaient glisser.

Ils sortirent, refermèrent doucement derrière eux, puis descendirent au bout de Portpool Lane et tournèrent vers l'est, face au vent qui soufflait de la Tamise.

— J'imagine que tu sais où tu vas ? demanda Squeaky.

— Oui.

— Et comment tu vas y aller ?

L'enfant hésita.

— Non.

— C'est ce que je pensais. Mais moi, je le sais. Tu avais l'intention de mendier et de resquiller !

Worm n'avait aucune idée de ce que signifiait « resquiller », mais, d'après le ton de Squeaky, ce n'était rien de bien. Cependant, ce n'était pas le moment de discuter, ou de dire que ce n'était pas juste d'employer des mots que personne ne comprenait. Peut-être même l'avait-il inventé.

— Comment on y va ? s'enquit-il avec autant de candeur qu'il le put.

Pour ça, il était doué.

Squeaky esquiva la question.

— Où as-tu vu la dame la première fois ? On commencera par là.

— À Surrey Docks. Je sais où exactement.

— Et ils sont partis dans le sens opposé au fleuve ?

— Oui. Vers Limehouse.

— Dans ce cas, on ferait mieux de commencer à Surrey Docks. Si on ne tombe pas sur son cadavre, on s'en tiendra là. On a d'autres choses à faire… Comment je vais trouver tous les rubans, les clochettes, les bougies, sans parler du gâteau et de l'oie, si je passe la journée à traîner dans les rues de Limehouse ?

— Miss Claudine va faire le gâteau, lui rappela Worm en accélérant le pas pour rester à sa hauteur.

— Et avec quoi elle le fera ?

— Je ne sais pas !

— De la farine, des œufs – beaucoup d'œufs –, du beurre, des raisins secs, des raisins de Corinthe, des raisins de Smyrne, des épices et des tas de bonnes choses. Tout ça ne pousse pas dans les placards !

L'enfant courut pour le rattraper.

— Vous n'êtes pas obligé de m'accompagner… Je peux trouver mon chemin tout seul.

Le dire lui avait été difficile. Car il avait besoin de Squeaky – il l'avait compris –, non seulement pour aller là-bas mais pour aider la dame au cas où elle aurait des ennuis. Quand il y pensait, il n'avait pas peur du tout. Enfin, juste un peu. Il sentait une boule lui serrer la gorge.

— Avance ! dit sèchement Squeaky. Et arrête de parler, garde ton souffle pour marcher !

Worm obéit ; et à dire vrai, Squeaky ralentit un peu l'allure. Le ciel commençait à pâlir du côté de l'est ; ils avançaient vers la lumière. Le petit garçon fut content de ne rien dire pendant un moment. C'était bien de ne pas être tout seul, et même si Squeaky était furieux, ça n'avait rien chez lui d'inhabituel. Il l'était systématiquement quand on l'arrachait à ses papiers et à ses chiffres. Mais il avait beau se plaindre qu'on l'interrompait, il sautait sur la moindre occasion pour s'accorder une pause. Comme si son travail était quelque chose de bon à déguster qu'il aurait voulu ne jamais terminer.

Avec les chiffres, Squeaky était très malin. Il pouvait additionner ou soustraire n'importe quoi, et à toute vitesse ! En fait, il était capable de calculer dans sa tête. Il savait ce que devaient être les nombres, ou s'ils étaient faux, de la même façon que certaines femmes devinaient que vous mentiez rien qu'en voyant votre figure.

Worm ne faisait pas toujours la différence entre un mensonge et la vérité ; en revanche, il savait si une personne était heureuse ou malheureuse, quoi qu'elle prétende. Comme à l'instant. Squeaky faisait juste semblant d'être fâché. Il marchait d'un pas rapide et léger et fredonnait un petit air. Il attrapa même la main de l'enfant lorsqu'ils traversèrent une rue très fréquentée, puis il la relâcha aussitôt, l'air de regretter son geste. Ça ne dérangeait pas le petit garçon. Il n'avait ni envie de se perdre, ni l'intention de se tailler en douce. Il avait le sentiment qu'ils faisaient un peu partie d'une même chose. Finalement, il était content que Squeaky l'ait surpris dans la cuisine.

La ville entière semblait se réveiller. Il faisait de plus en plus jour. Ils passèrent devant plusieurs ouvriers qui s'interpellaient. La rue était encombrée de carrioles chargées de légumes.

À High Holborn, ils débouchèrent dans Grey's Inn Road, une très grande avenue qui menait vers l'est et vers l'ouest. Squeaky acheta deux tasses de thé à une femme qui tenait une échoppe. Pour une fois, il ne discuta pas le prix. Bien que le thé soit un peu trop fort, et pas très bon, Worm l'apprécia. Debout sur le trottoir glacé à côté de Squeaky, il buvait à petites gorgées, sentait le breuvage couler dans sa gorge et répandre sa chaleur dans tout son corps. Et il n'avait même pas faim. Enfin, pas trop. Il avait raté le petit déjeuner de Claudine, le porridge bien chaud, et c'était dommage ; néanmoins, un devoir l'attendait. La femme avec la lumière dans les cheveux avait peut-être besoin de leur aide, et puis il fallait s'occuper de Noël.

Après avoir bu leur thé, ils prirent un omnibus jusqu'à Cheapside, puis un autre en direction de la Tour de Londres. Squeaky lui raconta que c'était là qu'on enfermait les traîtres, y compris les rois, et qu'on avait tranché la tête de la mère de la reine Elizabeth, Anne Boleyn, parmi d'autres.

Squeaky connaissait des tonnes d'histoires. On voyait à son expression si elles l'amusaient ou pas. Les traits de son visage remontaient vers le haut. Mais ça ne voulait pas forcément dire que l'histoire était vraie. Il aimait tout autant en inventer. Worm savait qu'il devait jouer le jeu. D'ailleurs, la plupart du temps, il n'avait pas besoin de se forcer : il adorait les histoires.

Ils descendirent de l'omnibus à Limehouse et restèrent sur le trottoir étroit à regarder les chevaux s'éloigner.

— Il est lourd, dit Worm en observant le bus. Comment font les chevaux pour tirer autant de personnes ? Ça ne les fatigue pas ?

— Non. Ils sont comme toi et tes questions, rétorqua Squeaky. Le seul moment où tu ne parles pas, c'est quand tu as la bouche pleine… et encore, pas toujours !

L'enfant s'abstint de répondre. Il reconnut l'angle de la rue où ils se trouvaient. Il jeta un coup d'œil dans les deux sens, laissa passer un chariot rempli de bois, puis fonça jusqu'au croisement suivant. Il entendit Squeaky crier derrière lui et ralentit un peu le pas. La veille, il était passé là. Mais de quel côté était-il arrivé ? S'il se le rappelait, il saurait alors avec certitude, ou presque, dans quel sens il était parti. Lentement, il pivota sur lui-même et se retrouva nez à nez avec Squeaky.

— Je ne sais plus ! avoua-t-il, redoutant un instant qu'ils ne renoncent.

— C'est ce que je vois. Puisque tu n'arrives pas à te décider, on n'a qu'à essayer d'un côté et ensuite de l'autre.

Une onde de soulagement envahit le petit garçon. Squeaky n'allait pas le persuader de laisser tomber. Il aurait voulu le remercier, mais il avait peur de dire quelque chose qui le ferait changer d'avis. Il s'éloigna vers la droite et observa chacune des boutiques.

Peut-être se souviendrait-il de quelque chose aperçu dans une vitrine…

Sauf qu'il n'avait eu d'yeux que pour la dame, et les deux hommes qui l'encadraient et la tenaient méchamment.

Il fallait qu'il prenne garde où il mettait les pieds. Le trottoir, étroit par endroits, était irrégulier, et les pavés étaient disjoints. Peut-être qu'il reconnaîtrait la forme de certains ? Maintenant qu'il faisait quasi jour, les ombres déformaient tout. Rien ne lui semblait familier.

— Je crois que c'était de l'autre côté, finit-il par dire en s'arrêtant devant un barbier.

Il y avait un poteau rouge et blanc, que quelqu'un avait heurté et tordu. S'il l'avait vu la veille, il s'en serait souvenu.

Squeaky tourna les talons sans faire de commentaire.

Ils marchèrent pendant près d'une demi-heure avant que l'enfant soit finalement certain d'être au bon endroit. Les inconnus avaient disparu quelque part dans cette rue, sauf que, la veille, celle-ci lui avait paru plus avenante. Planté sur le trottoir, Worm observa les immeubles alentour. Ils étaient gris, quelconques. Hauts de trois ou quatre étages, ils avaient des fenêtres étroites, certaines aux vitres brisées et obstruées par des planches. Sur les toits fatigués manquaient des ardoises. Ici et là, des gouttières s'étaient détachées du mur. Si elles n'avaient pas été gelées, de l'eau s'en serait écoulée. Il jeta un coup d'œil aux murs moisis et comprit où elle s'était accumulée au fil des années.

Il était trop tôt pour que de la fumée sorte des cheminées, mais ça ne tarderait pas. D'épais panaches gris s'élèveraient de chez ceux qui avaient les moyens de faire du feu.

Worm sentit la main de Squeaky se poser sur son épaule, avec une douceur surprenante.

— C'est ici ?

— Oui.

— Tu sais quelle porte ?

L'enfant attendit un instant avant de répondre.

— Non.

Puis, sans oser le lui demander, il regarda Squeaky en espérant qu'il voudrait bien qu'ils les essaient une à une.

Sans doute était-ce exceptionnel, mais celui-ci acquiesça.

— On ferait mieux de frapper à toutes les portes, concéda-t-il. Viens… Ne reste pas là !

Sans l'attendre, Squeaky se dirigea vers la première.

Il frappa deux coups, très fort. Plusieurs minutes s'écoulèrent et, alors qu'il s'apprêtait à frapper une troisième fois, la porte s'ouvrit sur une femme à l'air épuisé. De son chignon s'échappaient des dizaines de mèches.

— Oui ? lança-t-elle d'une voix lasse. On vous paiera quand on pourra !

Une expression impossible à déchiffrer passa sur le visage de Squeaky. Worm n'aurait su dire si c'était de l'ennui, de l'impatience ou de la pitié.

— On ne veut pas d'argent. Vous ne nous devez rien. Je suis à la recherche de deux hommes, un vieux et un jeune, et d'une femme qui est avec eux contre son gré. Dans cette rue. Vous connaissez tout le monde par ici ?

— Plus ou moins, mais je m'occupe de mes affaires, répondit la femme.

— C'est important.

— Ah oui ?

Elle n'avait pas du tout l'air intéressée. Peut-être avait-elle trop de problèmes pour se soucier de ceux des autres. On aurait dit que, même si elle l'avait voulu, elle n'avait plus la moindre énergie.

Squeaky sortit un shilling de sa poche. À voir briller le regard de la femme, ça aurait pu être une belle miche de pain frais.

— Qui habite dans cette rue ? Qui loue des chambres ? Quelles maisons pourraient être inoccupées ?

Immédiatement, elle lui fit la liste de mémoire de chaque maison et de qui y habitait, de celles qui étaient vides et de ce qui dedans n'allait pas : la tuyauterie bouchée, les toits qui fuyaient, les rats, les trop nombreux carreaux brisés. Puis, avant qu'il ait le temps de se raviser, elle empocha le shilling, le remercia et claqua la porte.

Squeaky recula en souriant.

— Ce sont peut-être des bobards, mais c'est un point de départ. La pauvre… Elle n'a sans doute rien de mieux à faire que de se mêler des affaires des autres. Essayons d'abord de ce côté.

— Pourquoi ?

— Parce que les dames seront sûrement dans la cuisine au fond de la maison. C'est la seule pièce où on peut se tenir au chaud, ne serait-ce que pour cuisiner de temps en temps. Du charbon, des ordures, une clôture arrière…

— Une clôture arrière ? À quoi ça sert ?

— À s'appuyer pendant qu'on bavarde avec la voisine, bien sûr ! Qu'est-ce que tu crois ? rétorqua Squeaky d'un ton aigre.

Worm n'y avait pas pensé ; il n'avait jamais vécu dans une maison. Et à la clinique, tout le monde était trop occupé pour avoir le temps de bavarder. Il y avait suffisamment de quoi faire à l'intérieur pour contenter tout le monde. Dans une maison, est-ce qu'on ne se sentait pas seul ?

Il suivit Squeaky tandis qu'il allait se renseigner d'une maison à l'autre. Il commençait à perdre espoir quand une porte demeura close alors qu'ils entendaient des voix à l'intérieur. Worm se faufila près de la fenêtre. Il était juste assez grand pour jeter un regard au-dessus du rebord. Bien qu'on ne soit qu'à la mi-journée, une lumière était allumée, projetant une lueur jaune alentour. Il aperçut la tête d'un homme, des cheveux bruns en broussaille, une barbe qui dissimulait sa bouche. Était-ce le jeune qui avait emmené la dame ?

— Qu'est-ce que tu vois ? demanda Squeaky derrière lui. Qui est-ce ?

— C'est lui ! Je crois…

— C'est lui ou c'est pas lui ?

— Attendez !

L'homme venait de bouger. Derrière lui, l'enfant vit des tableaux sur le mur – un mur d'un beau rouge pâle. La lumière scintillait, comme si elle était entourée de cristaux.

Un autre homme apparut dans la partie de la pièce que Worm apercevait. Maintenant, il en était sûr : c'était bien l'homme le plus âgé. Il voyait le blanc dans ses cheveux, que la lumière faisait paraître argenté. Mais où était la dame ?

— Ce sont eux, murmura-t-il.

Ils étaient en train de se disputer, mais il ne comprenait pas ce qu'ils disaient, à part quelques mots ici et là qui, détachés du reste, n'avaient aucun sens. La lueur d'un feu qui flambait au-delà de son champ de vision donnait un aspect chaleureux à la pièce. Des tableaux décoraient les murs : des verts et des bleus, pas seulement des gris. Il ne voyait pas le sol, ni s'il y avait un tapis, mais, dans un endroit comme ça, il devait y en avoir un.

Où était la dame avec du soleil dans les cheveux ? Si elle n'était pas ici, tout ça ne servait à rien ! Soudain, tout espoir l'abandonna, et il ne fut plus qu'un petit garçon accroché à la fenêtre de quelqu'un, loin de chez lui.

Squeaky lui-même demeurait muet.

Soudain, un des hommes cria très fort, juste un mot. Ce n'était pas de l'anglais ; ça ressemblait à « iiz ».

Une porte s'ouvrit à l'autre bout de la pièce. Worm ne voyait qu'à moitié, mais ce fut suffisant. La dame entra. Elle était exactement comme dans son souvenir, et la lumière brillait dans ses cheveux comme l'avait fait le soleil.

Il poussa un soupir qui embua la vitre glacée, de sorte que, l'espace de quelques secondes, il ne vit plus rien du tout.

— C'est elle ! chuchota-t-il, si bas que lui-même s'entendit à peine. Elle est là !

Squeaky prit soin de rester à distance de la fenêtre.

— Tu en es sûr ?

— Oui !

Il en était sûr. Les deux hommes semblaient être à peu près les mêmes, en revanche, il était absolument certain que c'était bien la dame. Il ne pouvait exister qu'une seule femme comme elle au monde.

À l'intérieur, quelque chose était en train de se passer. Le jeune homme criait, si fort que Worm entendit ce qu'il disait à travers la vitre.

— Dis-le-nous ! Tout de suite !

Puis il empoigna la jeune femme par le bras et la tourna vers lui sans ménagement.

Worm bouillait de rage, mais il ne pouvait rien faire d'autre que regarder. Squeaky, juste derrière lui, le tenait par les épaules. Si quelqu'un dans la maison avait jeté un coup d'œil vers la fenêtre, il les aurait repérés.

Personne ne les repéra.

La femme se dégagea en disant quelque chose avec colère au jeune homme. Celui-ci voulut la rattraper, mais le vieil homme lui retint la main, puis il se tourna vers la femme et lui parla à voix basse. Elle se mordit la lèvre, sembla se résigner. Tous les trois sortirent de la pièce.

Squeaky éloigna l'enfant de la fenêtre.

— Non ! protesta Worm en tentant de se libérer.

— Tais-toi ! Et ne reste pas là ! Tu veux qu'ils sachent qu'on les observe ?

— Ils ne peuvent pas nous voir à travers les murs ! rétorqua le petit garçon d'un ton furieux. Ils sont partis. Où est-ce qu'ils sont allés ?

— Peut-être qu'ils sont sortis par l'autre porte. Faisons le tour… S'ils vont quelque part, on les suivra.

— On ne peut pas secourir la dame ? implora l'enfant.

— Pourquoi penserait-elle qu'on vaut mieux qu'eux ?

— Mais parce que…

Reconnaissant qu'il n'y avait aucune raison, Worm se tut. Elle ne l'avait aperçu qu'une seule fois : un gamin qui lui avait souri.

Alors qu'il s'apprêtait à reprendre la parole, la porte d'entrée s'ouvrit et les trois inconnus sortirent. Ils passèrent devant Squeaky comme s'il était un vulgaire colporteur vendant des choses dont ils n'avaient que faire.

— On y va ? s'impatienta Worm. Sinon on va les perdre…

— Dans une minute, dit tout bas Squeaky. Si on les suit de trop près, ils vont nous repérer… Attends !

L'enfant trépigna sur place, mais il ne put bouger avant que Squeaky ne lui en donne l'autorisation. Quand enfin il le fit, les deux hommes et la dame étaient déjà au bout de la rue.

Ils avancèrent enfin ; le temps qu'ils arrivent à l'angle, les trois autres étaient à peine visibles. La main de Squeaky pesait de tout son poids sur l'épaule de Worm, l'obligeant à marcher à son rythme.

Ils les suivirent pendant si longtemps qu'ils eurent l'impression que jamais ils n'arriveraient nulle part.

Worm était fatigué, il avait froid et mourait de faim. Plus ils observaient les trois inconnus, plus ils voyaient la relation qui les liait, et plus ils étaient perplexes.

Manifestement, les deux hommes voulaient que la dame leur donne une information. Ils la suppliaient et la menaçaient tour à tour. Soudain, alors qu'ils étaient presque revenus dans la rue de laquelle ils étaient partis, le plus âgé gifla la jeune femme. Une gifle pas assez puissante pour la déstabiliser, mais qui laissa une marque rouge sur sa joue.

Worm voulut crier. La main de Squeaky se plaqua sur sa bouche pour l'en empêcher.

Le petit garçon faillit le mordre, mais, outre le fait que Squeaky le tenait trop fermement, il n'osa pas. Il envisagea un instant de le bourrer de coups de pied, sans oser non plus.

Le visage de la dame portait la trace du coup. Elle tituba un peu, puis, lentement, elle sourit. Worm entendit de loin ce qu'elle dit : « Je vous le dirai le jour où je serai prête. Quand je serai sûre. » Elle se dégagea de l'homme qui la tenait et s'éloigna dans la rue, d'un pas un peu balancé.

Les deux hommes se regardèrent. Et lorsque le plus âgé fit un pas en avant, l'autre le retint par le bras.

— Attends ! dit-il d'un ton autoritaire, presque menaçant.

Ils restèrent figés face à face. Peu à peu, la tension retomba, ils se remirent en marche et suivirent la femme sur le trottoir et retournèrent vers la maison d'où ils étaient sortis. Lorsqu'ils furent devant, ils passèrent à côté d'elle.

Squeaky et Worm arrivèrent juste à temps pour les voir chercher les clés sur le seuil avant d'entrer. En laissant la jeune femme dans la rue.

L'enfant s'apprêta à courir vers elle.

— Attends ! lui ordonna Squeaky qui le rattrapa par le col.

— Mais pourquoi ?

— Observe. Tu ne voudrais pas les contrarier pour rien.

— Ça m'est égal…

— Ils sont plus près d'elle que nous ! souffla Squeaky. Attends.

La dame ne demeura dehors qu'un instant, puis entra à son tour dans la maison. La porte se referma sans bruit.

Worm se tourna vers Squeaky en fronçant les sourcils.

— Pourquoi elle est rentrée ? Elle aurait pu s'enfuir !

— Jusqu'où serait-elle allée ?

— Elle n'a même pas essayé !

— Nous ne savons rien d'elle, lui fit remarquer Squeaky.

— Elle avait peur, je le sais !

Il en était absolument certain : on le devinait à la crispation de sa mâchoire, tout comme à l'éclat de ses yeux. Il était encore très jeune, et très sûr de lui.

Squeaky soupira. Il était venu jusqu'ici. S'il ramenait le gamin de force, celui-ci reviendrait dès qu'il le lâcherait. Seulement cette fois, il serait seul, et qui sait dans quels ennuis il irait se fourrer ? Au mieux, il se ferait tirer les oreilles et conseiller de s'occuper de ses affaires. Quant au pire, il préférait ne pas l'envisager. À qui manquerait un gamin des quais ? Un de plus ou de moins… Cette pensée le rendit malade.

— En tout cas, pour l'instant, elle n'a pas peur, dit-il. Elle est rentrée de son plein gré alors qu'elle n'y était pas obligée. Par conséquent, elle doit avoir une raison. Une raison que nous ignorons.

L'enfant le regarda, la mine assombrie.

— À nous de la découvrir, c'est ce que tu penses ? reprit Squeaky, exaspéré.

— Oui. Comment on fait ?

Il n'en avait aucune idée.

— On va aller déjeuner et réfléchir… Et on va écouter. Peut-être que des gens les connaissent.

Tout en parlant, il s'efforçait de raisonner. S'il s'agissait de scélérats – petits voleurs, faussaires de papiers ou de billets, ou escrocs d'un genre ou d'un autre –, il avait conservé suffisamment de relations de son passé pour être en mesure de le découvrir. Que ces deux hommes soient des personnes respectables le surprendrait toutefois beaucoup. Ce qui l'embêtait était qu'il soupçonnait la femme de ne valoir guère mieux. Auquel cas, comment ferait-il pour éviter à Worm de voir ses rêves voler en éclats ? Pourquoi fallait-il que le gamin soit aussi naïf ? Il aurait pourtant dû se méfier ! Diable, il avait déjà neuf ans ! L'expérience ne lui avait-elle donc rien appris ?

— Tu tiens vraiment à le savoir ? demanda-t-il d'un ton plus bourru qu'il ne l'avait voulu.

L'enfant n'eut aucune hésitation.

— Évidemment. Il faut qu'on… qu'on la sauve ! Ils lui font peur !

— Peut-être. Mais, apparemment, ils ne lui ont encore fait aucun mal. Elle est allée les rejoindre alors qu'elle aurait pu les fuir.

— Vous croyez ?

Squeaky se mordit la langue.

— Tu viens manger un morceau ou pas ?

— Oui.

— Bon… Alors, viens ! On est passés devant un marchand ambulant qui vendait des tourtes à quatre cents mètres d'ici.

— Et si elle sort de la maison ?

— Si elle sort et nous propose des tourtes, on les prendra !

Sur ces mots, Squeaky empoigna Worm par l'épaule et le traîna plus ou moins sur le trottoir.

L'enfant mangea trois tourtes, et il en aurait volontiers pris une quatrième si Squeaky avait bien voulu, mais ce dernier craignait que ça ne le rende malade. Quand ils eurent terminé, le comptable entra dans le pub le plus proche où il posa diverses questions. Puis il se rendit chez un prêteur sur gages qu'il connaissait : un individu fort peu recommandable qu'il préférait que le gamin ne rencontre pas, et encore moins Claudine.

Squeaky était furieux contre lui-même. Que lui importait ce que pensait de lui un gosse de neuf ans ? Worm voyait le drame d'une femme en détresse dans ce qui n'était sans doute qu'une affaire de vulgaires proxénètes venus ramasser une de leurs filles qui avait dépassé les bornes. Car si elle avait gardé tout ce qu'elle avait gagné au lieu de leur reverser leur part, elle avait de quoi avoir peur. Et, naturellement, elle retournait les voir. La relation avait beau être abusive et à sens unique, elle ne pouvait pas se passer d'eux. Or, il n'avait aucune envie d'expliquer tout cela à l'enfant. Mieux valait le laisser rêver encore un peu.

Ce n'était pas maintenant qu'il allait lui raconter pourquoi il en savait autant sur les prostituées, et sur les hommes qui les protégeaient tout en vivant à leurs crochets. Désormais, cette époque était loin derrière lui. Quitter cette vie n'avait pas été son choix, mais la décision d'Oliver Rathbone. Néanmoins, il s'en était arrangé et, à ce jour, il était presque un homme respectable. Jamais il ne l'avouerait à Rathbone, mais, secrètement, il lui en était reconnaissant.

Il demanda à l'enfant de l'attendre devant le mont-de-piété et, s'il tenait à ce qu'il continue de l'aider, d'être encore là quand il en sortirait. Dès qu'il entra, il aperçut l'homme qu'il espérait trouver derrière le comptoir. Ce dernier pâlit à la seconde où il reconnut Squeaky.

— Qu'est-ce que tu veux ? Je n'ai rien à toi…

— Un renseignement. Et on dira que tu as réglé ta dette.

— Je n'ai aucune dette envers toi ! Je…

Devant l'expression de Squeaky, l'homme se ravisa.

— Qu'est-ce que tu veux savoir ?

— Parle-moi de la maison de Collins Street, le numéro vingt-quatre.

— Eh bien, quoi ? Elle n'est pas à vendre !

— Il y a là deux hommes et une femme. Qui sont-ils ?

— Je ne sais pas. La fille ne te servira à rien, elle ne fait pas le tapin. C'est une sorte de voleuse, et elle a un fichu caractère… Je l'ai vue cracher comme un chat dans un seau d'eau !

— Ils s'en sont pris à elle ?

L'homme haussa les sourcils.

— Qu'est-ce que j'en sais ? C'est probable. Elle l'aura sûrement cherché…

— Ils sont nouveaux dans le quartier ?

— La fille, oui. Pas eux.

— Mais elle est ici parce qu'elle le veut ?

— Ben, elle n'est pas enchaînée ! Ça ne lui plaît peut-être pas, mais elle sait où se trouve son intérêt.

— D'accord. Si tu m'as dit la vérité, tu ne me devras plus rien.

— Fais gaffe à ces deux-là… Le jeune est un violent, mais l'autre est une véritable ordure. Il te planterait un couteau dans le dos aussi vite qu'il t'a regardé !

— Ah oui ? Moi aussi, je peux être méchant, rétorqua Squeaky, bien qu'il n'ait pas eu une telle pensée depuis très longtemps.

Les hommes respectables ne portaient pas de couteaux. Malheureusement.

— Si tu m'as baratiné, sache que je reviendrai ! ajouta-t-il d'un air menaçant avant de franchir le seuil.

L'homme lui lança une insulte, quoique sans grande conviction, plus par habitude que par intention.

Worm attendait sur le trottoir.

— Alors ? demanda-t-il aussitôt.

Squeaky s'en était douté. Il fallait qu'il réfléchisse à ce qu'il allait lui dire. S'il s'embarquait dans un mensonge, il devrait le maintenir jusqu'au bout. Le gosse avait une excellente mémoire, et il n'avait pas du tout envie d'être pris en flagrant délit de mensonge, même si ce mensonge était destiné à protéger l'enfant d'une vérité qu'il n'était pas en âge de comprendre.

Et il voulait encore moins qu'il imagine ce que la fille dans laquelle il voyait une dame serait prête à faire pour s'assurer un repas et un toit au-dessus de la tête.

Pourquoi fallait-il que ce gosse voie des rayons de lune là où il n'en existait pas ? Des fées dans des arbres de Noël, des bergers, des anges et des bébés magiques ? Tout ça ne revenait qu'à s'attirer des ennuis.

— Elle reste avec eux parce qu'elle le doit, répondit Squeaky avec aigreur. Elle ne les aime pas, ils ne l'aiment pas, mais, parfois, il n'y a pas d'autre solution.

Worm ne dit rien pendant une ou deux minutes, puis demanda :

— On retourne jeter un œil ?

Squeaky se sentit de nouveau piégé. Autant en finir. Remettre les choses désagréables à plus tard ne faisait que les empirer. Comment allait-il expliquer cela à l'enfant ? Simplement. Plus ce serait compliqué, plus le gamin serait convaincu qu'il mentait. Pourquoi diable cette femme avait-elle un air aussi innocent ? Sans doute que cela faisait partie de son métier. Qu'elle soit maudite ! Ce qu'elle faisait aux hommes la regardait, mais pas ce qu'elle faisait à un enfant. Surtout un enfant sur lequel lui-même était censé veiller.

— On y va ? insista Worm.

— Oui. Mais ce que tu vas voir risque de ne pas te plaire, précisa Squeaky en s'en voulant aussitôt.

Il détestait les hommes qui traitaient les femmes de cette manière, et plus encore parce qu'il avait été l'un d'eux ; et lui avait eu le choix, contrairement à la plupart des filles. Il détestait plus que tout celle-ci en particulier parce que le gamin se souciait d'elle. Elle lui avait laissé croire qu'elle valait mieux que les autres, ce qui était quasi impardonnable. Faire naître des rêves impossibles chez un enfant était un grave péché.

Il savait très bien qu'elle ne l'avait pas fait exprès, mais ça ne justifiait rien. Du reste, c'était même pire, parce qu'elle s'en irait, et que ce serait à lui de recoller les morceaux. Maudite soit cette fille !

— Allez, viens ! dit Squeaky.

Alors qu'il se penchait pour prendre Worm par la main, il se rendit compte que c'était ridicule et, à la place, se gratta la jambe.

Ils marchèrent en silence jusqu'à ce qu'ils se retrouvent en face de la maison où la dame – l'enfant pensait toujours à elle ainsi, pour la distinguer des autres femmes qu'il connaissait – était allée rejoindre de son plein gré les deux hommes.

— Et maintenant, on fait quoi ? demanda Worm.

— Toi, tu attends ici. Je vais voir s'il y a quelqu'un. Inutile de rester des heures dans le vent glacé s'il n'y a personne.

Et avant que l'enfant ait pu discuter, il s'éloigna.

Cette fois, la chance fut avec lui – ou contre lui –, de sorte qu'il n'eut pas le choix. Dès qu'il frappa à la porte, la dame ouvrit. Squeaky se retrouva à moins d'un mètre d'elle, et sans aucune fenêtre pour brouiller sa vision. Ou celle de la femme, du reste, qui vit un homme grand et maigre dans une vieille redingote noire avec un chapeau noir qui dissimulait en partie ses longs cheveux blanc filasse.

De près, elle paraissait jeune, elle devait avoir vingt-trois ou vingt-quatre ans. Sa peau était aussi blanche et lisse que si elle avait vécu à la campagne, et non dans une des villes les plus polluées du monde. Sur ses cheveux châtain clair, les rares rayons de soleil plaquaient des éclats dorés. Elle avait de jolis traits, que ne marquait aucune irascibilité ou mauvaise humeur.

— Les messieurs sont-ils là ? demanda Squeaky d'une voix timide qui ne lui ressemblait pas.

— Non, je suis désolée. Vous vouliez les voir ?

La jeune femme le regardait de ses yeux bleu sombre et étrangement pénétrants.

Il n'allait pas chercher à lui mentir. Il avait l'impression qu'elle était suffisamment habituée aux mensonges pour les repérer avant même qu'il ait terminé sa phrase. Probablement qu'elle-même était très douée dans ce domaine.

Il décida que dire la vérité était sans doute la meilleure solution. D'un geste de la main, il montra Worm, qui les regardait du trottoir d'en face.

— Le petit vous a aperçue hier dans la rue, et il s'est inquiété en voyant que les messieurs se conduisaient de façon un peu brutale avec vous. Rien ne le tranquillisera tant qu'il ne sera pas certain que vous allez bien.

Sans attendre la réponse de la jeune femme, il fit signe à Worm de venir les rejoindre.

Ce dernier le fit immédiatement. Comme il n'y avait aucune circulation, il se planta à côté de Squeaky en quelques secondes. Il paraissait soudain intimidé.

La dame le regarda et lui sourit gentiment.

Worm lui sourit en retour. Un sourire qui illumina son visage, bien qu'il soit un peu de guingois, étant donné qu'une de ses incisives était plus longue que l'autre. C'était ses premières dents d'adulte.

— Je m'appelle Éloïse. Et toi ?

— Warren, mais tout le monde m'appelle Worm.

— Alors je t'appellerai comme ça, moi aussi.

Un peu impressionné, le gamin sourit encore. Il se tenait si près de Squeaky que ce dernier sentait une légère pression sur sa jambe. Il eut soudain envie de repousser ce petit enquiquineur, mais il ne voyait pas comment faire.

Éloïse reprit la parole.

— Je crois comprendre que tu as eu peur que ces hommes ne m'aient emmenée contre ma volonté. Je t'ai aperçu dans la rue, rien qu'un instant, dit-elle en esquissant un nouveau sourire. Je ne les aime pas beaucoup, mais je les ai suivis de mon plein gré. Parce qu'il le faut.

Worm se colla contre Squeaky sans piper mot.

Éloïse recula d'un pas et ouvrit plus grand la porte.

— Ce vent est glacial… Entrez. Vous constaterez par vous-mêmes que je vais très bien.

Squeaky hésita. Pourquoi les invitait-elle à entrer ? Les deux hommes étaient-ils vraiment ailleurs ? Il n'avait rien sur lui qui vaille la peine d'être volé. Quand on allait dans ce genre de quartier, il savait pertinemment qu'il valait mieux n'avoir sur soi que quelques pennies, juste de quoi s'acheter à manger. Ce n'était pas qu'il n'aurait pas été capable de repérer un pickpocket avant qu'il ait eu le temps d'avancer la main, mais il était inquiet de ce qu'elle allait raconter au gamin.

L'enfant passa devant lui et suivit la femme.

Squeaky entra et referma la porte. Elle avait dit vrai sur un point : dehors, le froid était glacial, et il commençait à pleuvoir.

À l'intérieur, il faisait bon, mais la maison était sale. Elle les emmena dans la cuisine où un poêle était allumé. Squeaky jeta un coup d'œil alentour. La pièce était à peine meublée. Il y avait seulement quelques casseroles et assez d'assiettes pour trois sur un vieux buffet en bois. Dans un coin, il vit un évier, signe qu'il y avait l'eau courante. Cependant, tout était crasseux, comme si on avait vécu ici pendant des semaines, voire des mois, sans jamais lessiver le sol ou la table. Sur celle-ci était posée une cuvette d'eau, à côté d'une brosse à récurer et d'une barre de savon jaune qui sentait le phénol.

— Nous vous avons dérangée, observa Squeaky.

— On vient tout juste d'emménager, rétorqua Éloïse avec un sourire piteux. Le ménage n'a pas été fait depuis des semaines… La maison aura meilleure allure une fois que j'en aurai terminé.

Squeaky ignorait s'il devait la croire ou pas. Sans doute était-ce sans importance.

Worm balaya la pièce du regard.

— Ça vous plaît vraiment, ici ? demanda-t-il.

La jeune femme sourit, d'un sourire plein de regret, cette fois. Et son visage en sembla plus doux, plus vulnérable.

Bien qu'il eût été incapable de le formuler avec des mots, l'enfant s'en rendit compte.

— Vous n'êtes pas obligée de rester. On peut vous emmener, Squeaky et moi. On a un endroit propre et sec… et où il fait chaud. Vous pouvez y habiter. Pas vrai ? ajouta-t-il en se tournant vers Squeaky.

Que répondre ? Une fois de plus, il se sentit piégé. Que dirait Claudine ? Allons, c'était ridicule ! La clinique était remplie de prostituées. L'endroit était fait pour ça : aider les filles des rues mal en point ou blessées. Une de plus ou de moins, qu'est-ce que ça changerait ?

— Bien sûr, marmonna Squeaky entre ses dents. Mais Éloïse vient de t'expliquer qu'elle allait bien.

— Mais oui, confirma cette dernière, l'air de ne pas en être aussi certaine.

— Vous seriez en sécurité, renchérit Worm.

Une ombre passa dans le regard de la jeune femme.

— Je le suis ici.

Squeaky savait qu'elle mentait, mais c'était ce qu'elle tenait à leur faire croire. Toute cette histoire était plus compliquée qu'il ne l'avait pensé. Dans quoi avaient-ils mis les pieds ?

— Vraiment, leur assura-t-elle. Et ce sera tout à fait propre. Du moins, après avoir frotté une quatrième ou une cinquième fois… Et de toute façon, ce n'est pas pour toujours.

— Vous irez où après ? l'interrogea Worm.

— Ça ne te regarde pas ! le réprimanda Squeaky avant qu'il ne puisse en dire davantage. La dame va bien. Elle vient de nous le dire.

Un silence s'étira, inconfortable.

— Vous les aimez bien ? demanda l'enfant à Éloïse.

— Non, répondit-elle, semblant le regretter aussitôt. Pas… pas trop. Mais parfois, on est obligé de s'entendre avec des personnes qu'on n'aime pas beaucoup.

Sa lèvre se retroussa comme si elle venait de respirer une odeur nauséabonde. Puis elle vit que Worm l'avait remarqué. Elle parut lutter contre quelque chose : le dégoût, la tentation, l'indécision.

— C'est mon cas, reprit-elle tout bas, avec une lueur de colère dans les yeux. S'il vous plaît… Je vous remercie, mais je suis là où je veux être. C'était gentil de votre part de vous inquiéter, mais, maintenant, partez.

De nouveau, son visage s'assombrit.

— Je n'ai pas envie de devoir leur expliquer que vous m'avez crue… en danger. Ils s'imagineront que j'ai dit du mal sur eux dans leur dos.

L'enfant avait l'air accablé.

— Partez ! répéta Éloïse.

Elle se tourna vers Squeaky.

— Mr… ?

— Robinson.

— Mr. Robinson, ne revenez pas, s'il vous plaît.

Sa voix était froide et trahissait une légère nervosité.

Worm ne bougea pas.

Squeaky fit une dernière tentative.

— Vous êtes sûre que c'est ce que vous voulez ?

Avant que la jeune femme ait pu répondre, la porte d'entrée claqua et des pas résonnèrent dans le couloir, pesants et déterminés. Puis la porte de la cuisine s'ouvrit à toute volée sur l'homme âgé, suivi du plus jeune.

— Oh… Qui êtes-vous ? demanda le premier à Squeaky.

Il semblait ne pas avoir vu le petit garçon.

— Ils s'en allaient, s'empressa d'annoncer Éloïse sur un ton d'excuse.

L'homme demeura dans l'embrasure de la porte, bloquant le passage.

— Ah oui ? Et pourquoi êtes-vous venu ?

— Pour me renseigner sur un ami qui tient une boutique dans le quartier, répondit sèchement Squeaky.

Il espérait que l'homme prendrait son attitude pour de la mauvaise humeur et non pour de la peur.

— Dans ma cuisine ? rétorqua l'homme âgé. Ben voyons !

Il parut sur le point de cracher, puis changea d'avis.

— Dehors, il fait froid, dit Squeaky avec un sourire de défi qui découvrit ses dents.

— Quel ami ?

— Wally Jones.

Ce dernier était un proxénète qu'il avait connu des années auparavant, mais sans doute était-il encore en vie… quelque part.

— Jamais entendu parler. Et maintenant, fichez le camp ! tonna le plus jeune. Vous m'entendez ?

— C'est vrai ? demanda le plus âgé à Éloïse. Tu ferais mieux de dire la vérité. Si tu mens, je te ferai regretter d'être née !

— Dans ce cas, vous ne saurez jamais ce que je sais, répliqua-t-elle du tac au tac.

Il leva la main comme s'il s'apprêtait à la frapper.

Aussitôt, Worm se rua en avant.

Squeaky le rattrapa par le col et le poussa par terre.

Éloïse s'empara d'une poêle posée sur le fourneau et frappa l'homme le plus âgé de toutes ses forces, non pas sur la tête, mais sur l'épaule. Il hurla de douleur et l'injuria copieusement.

Le plus jeune s'avança, regarda Éloïse qui tenait la poêle à la main, et décida de rester à bonne distance.

Worm se releva.

— Je n'ai pas besoin de votre aide, dit la jeune femme à Squeaky tout en surveillant les deux hommes du coin de l'œil.

— Ils vont vous tuer ! protesta l'enfant.

— Non, ils n'en feront rien, rétorqua-t-elle d'un ton convaincu. Ils veulent une chose que j'ai, et ils ne me feront pas de mal tant que je ne la leur aurai pas donnée.

— Et ensuite ? s'enquit Squeaky avec ironie. Ils vous laisseront partir ?

Le doute était perceptible dans sa voix.

— Écoutez, tout ceci n'a rien à voir avec vous, intervint l'homme âgé. C'est une histoire entre nous et la dame.

— Oui, répondit calmement Éloïse à Squeaky, comme si l'autre n'avait rien dit. Je leur dirai où est cette chose, et le temps qu'ils la trouvent, je serai partie depuis longtemps.

— C'est ce que tu crois ! s'écria le jeune homme.

— Je ne leur fais aucune confiance, et je ne suis pas stupide. À présent, partez avant que les choses ne tournent mal, conseilla Éloïse à Squeaky.

D'après lui, elles avaient déjà mal tourné.

— Viens, dit-il en attrapant Worm par l'épaule. On doit s'en aller.

L'enfant résista une seconde, puis comprit que ça ne servirait à rien et se laissa faire.

Ils suivirent le couloir crasseux et sortirent dans la rue. Le vent était plus fort, et encore plus froid, mais il ne pleuvait pas vraiment. Squeaky se surprit à frissonner lorsqu'ils remontèrent vers la rue principale, où ils pourraient attraper un omnibus en direction de l'ouest.

Pendant un long moment, l'enfant demeura coi. Il ressassait ce qui venait de se passer en cherchant à comprendre. Comment était-ce possible ? La dame voulait rester dans cette maison sordide avec ces hommes ? Non, elle le devait. Pourquoi ? Elle aurait dû vivre dans un endroit propre, lumineux et accueillant. Là, elle aurait été en sécurité, car tout le monde l'était. Sans compter qu'elle aurait eu tous les jours à manger !

Éloïse ne ressemblait pas aux femmes qui venaient d'habitude à la clinique. Elle avait l'air d'une personne qui n'aurait jamais fréquenté de tels hommes si elle n'y avait pas été forcée. Ils étaient cruels. On le voyait sur leurs visages, tout comme dans ce qu'ils disaient et leur façon de s'exprimer. Worm s'efforçait de se souvenir, et il était convaincu qu'elle avait peur. Pourquoi rester avec des gens qui vous font peur si on n'y est pas obligé ?

Squeaky l'avait-il emmené parce qu'il avait peur qu'ils ne fassent du mal à un enfant ? ou qu'ils ne leur en fassent à tous les deux ?

— C'est pour ça que vous êtes parti ?

— Qu'est-ce que tu veux dire ?

Squeaky avait très bien compris, mais il refusait de l'admettre.

— Au cas où ils nous auraient fait du mal ?

— Elle ne veut pas les quitter. Il faut te mettre ça dans le crâne. Elle est là parce qu'elle le veut. Et elle n'a pas à nous l'expliquer. On est qui ? Deux personnes qu'elle ne connaît pas qui l'ont aperçue dans la rue et ont mal interprété la situation.

Worm regarda Squeaky et vit une ombre de tristesse sur son visage, comme si, lui aussi, aurait voulu que les choses soient différentes. Pourquoi ne voulait-il pas le reconnaître ? Pensait-il qu'il le trouverait idiot ?

Non, bien sûr que non… Squeaky se fichait pas mal de ce qu'un gamin pensait de lui. Pourquoi auraient-ils dû être tristes l'un et l'autre qu'Éloïse n'ait pas besoin d'eux ?

— Vous allez acheter des choses de Noël ? demanda-t-il.

Si Squeaky voulait le faire, peut-être qu'il le fallait.

— Oui, répondit le comptable, qui continua à avancer en regardant droit devant lui. Je sais où on peut acheter des rubans rouges. Et pas chers. Peut-être qu'on prendra d'autres choses…

— Quoi ?

— Toutes sortes de choses. Tais-toi, économise ton souffle pour marcher !

L'enfant se mura dans le silence. Squeaky se sentait mal lui aussi. Il avait l'air… déçu. C'était comme s'ils s'étaient apprêtés à offrir un cadeau à Éloïse et qu'elle l'avait refusé.

Le lendemain matin, Squeaky dut rester dans son bureau pour s'occuper de la comptabilité et de la paperasse. Worm s'en félicita, étant donné que, chaque fois qu'il le regardait, il repensait à Éloïse et à ces deux hommes qui lui faisaient peur, il en était toujours persuadé. Il fallait qu'il s'invente une occupation, qu'il pense à autre chose. Claudine était déjà sortie acheter les deux oies qu'ils allaient manger : elles étaient suspendues dans l'arrière-cuisine. À quatre jours de Noël, plein de bonnes choses étaient entreposées là : des raisins secs et des épices, des tonnes de beurre, de sucre et de farine, et quelque chose qui ressemblait à de petits morceaux d'écorce d'orange recouverts de minuscules cristaux de sucre. Et aussi du sucre blanc, du sucre brun, du sirop doré. Ainsi que beaucoup d'autres choses encore dans des sacs en papier marron. Claudine le prévint que, s'il touchait à quoi que ce soit, il aurait des ennuis à n'en plus finir. Au moment où elle lui dit cela dans la cuisine, elle souriait, mais elle n'avait pas du tout l'air de plaisanter. Worm était assez doué pour deviner quand les gens parlaient sérieusement.

Elle le regarda encore un instant.

— Tu es bien silencieux, Worm… Est-ce que ça va ?

Il voulait répondre que non, ça n'allait pas. Au fond de lui, il se sentait vide, et très seul. Il avait cru pouvoir aider la dame avec le soleil dans les cheveux, mais elle n'était en réalité qu'une femme ordinaire qui voulait rester avec les hommes épouvantables qui l'avaient emmenée. Des sales types. On ne pouvait rien contre la saleté qui était à l'extérieur, mais quand elle était à l'intérieur, c'était votre faute.

Éloïse avait refusé que lui ou Squeaky lui viennent en aide. Mais bon, tant pis. À neuf ans, il était trop grand pour pleurer à cause de ça.

Worm leva les yeux vers Claudine.

— Oui, oui, ça va bien. Est-ce que vous serez heureuse de fêter Noël ?

Elle allait sourire et répondre oui. Squeaky lui avait expliqué que tout le monde aimait Noël, mais les femmes encore plus, parce qu'elles s'occupaient de tous les préparatifs. Toutefois, Worm n'était pas certain qu'elles les aimaient tant que ça. En gros, c'était ce qu'elles faisaient tous les jours. Préparer, ranger, et encore ranger.

Claudine le regarda avec attention.

— Je serai très heureuse si tout le monde l'est. Ce n'est pas un bon moment pour rester seul... Il faudra nous assurer que personne ne se sente exclu.

C'était drôle, Squeaky avait dit plus ou moins la même chose, néanmoins, il n'était pas sûr que Claudine apprécierait qu'il le lui dise. Il avait déjà commis des erreurs de ce genre. Parfois, bien qu'elle n'en parle jamais, il y avait chez elle une sorte de tristesse.

— Je vous aiderai, préféra-t-il dire à la place.

— Ce serait très gentil, je te remercie. On va commencer par installer une partie des rubans que Squeaky a rapportés. Pour l'amour du ciel, il y en a en quantité suffisante pour emballer toute la maison !

Worm ne comprit pas très bien ce qu'elle voulait dire, mais comme elle avait l'air contente, il sourit lui aussi.

Lorsqu'ils eurent terminé, on était au milieu de l'après-midi. Claudine savait faire des nœuds magnifiques, avec des boucles énormes et des longs pans qui flottaient. Ils étaient tous de la même taille, et le satin brillait. Worm et elle s'amusèrent à décider où ils allaient les accrocher.

À trois heures, un peu avant que la nuit tombe, Worm la laissa. Il avait une idée. Il avait vu que Claudine aimait les rubans, et que les rouges, surtout, lui donnaient le sourire. Ces derniers temps, il avait mis quelques pennies de côté, un peu ici, un peu là. Et bien que certaines pièces ne soient que des demi-pennies ou des sous, c'était quand même de l'argent. Il avait l'intention de lui acheter un cadeau. Maintenant que les rubans étaient installés, il savait ce qu'il allait lui offrir, et où il le trouverait.

À un moment donné, pendant un temps, il avait travaillé pour un receleur, ce qui lui avait valu la peur de sa vie. Les malfaiteurs comme cet homme recrutaient des petits enfants et leur apprenaient à voler, par exemple des mouchoirs en soie ou, parfois, en dentelle. Ils étaient si légers que, s'ils s'y prenaient bien, personne ne les sentait approcher. Worm savait comment s'y prendre, mais un jour, il s'était fait attraper, de sorte qu'il s'était retrouvé soulevé par la peau du dos comme un petit animal et secoué au point que ses dents s'étaient entrechoquées.

Quelqu'un s'était mépris sur ce qui se passait et avait cru qu'on le battait à tort. Il avait profité de la pagaille qui avait suivi pour s'échapper et n'était jamais revenu dans cette rue, ni près de cet escroc.

Cependant, il savait où le trouver. Il ne volerait rien pour Claudine. Car, même si elle ne l'apprenait jamais, lui le saurait, et ça suffirait. S'il arrivait à trouver le receleur, il lui achèterait un mouchoir ou un foulard pour l'offrir à Claudine, un qui lui plairait vraiment. Et il serait fier de l'avoir acheté avec son propre argent. Elle saurait qu'il disait la vérité ; elle le savait toujours.

D'abord, il fallait trouver l'escroc. Ce dernier avait l'habitude de travailler dans un quartier en particulier, au fin fond de Mile End. Comme c'était là que Worm avait grandi, il connaissait un peu les environs. Ce n'était pas très loin de l'endroit où Éloïse avait disparu, sauf qu'il y avait là des milliers de gens. Mais il savait comment passer inaperçu, surtout dans la pénombre de la fin d'après-midi.

Pour se rendre là-bas, il prendrait un omnibus. C'était trop loin à pied pour arriver avant la nuit tombée. Le trajet lui coûterait quelques sous, mais il ne pouvait pas faire autrement.

Il eut de la chance avec les bus, néanmoins ce fut seulement une heure plus tard, alors qu'il faisait déjà nuit noire, qu'il arriva à Mile End. Worm se rendit dans Old Montague Street, une rue parallèle à Whitechapel Road, mais plus proche de la Tamise. Il était à la recherche de Pockets George. Il savait que le receleur opérait toujours dans le coin et il se rappelait où il habitait. La journée avait été l'une des plus courtes de l'année, il faisait très sombre, mais pas trop froid. George serait peut-être sorti, cependant il était probable qu'il rentrerait tôt. On l'appelait « Pockets » parce qu'il avait été l'un des meilleurs pickpockets de Londres, avant d'être pris de rhumatismes et de commencer à utiliser des enfants pour effectuer le boulot à sa place.

Avant Noël, avant que le froid ne devienne mordant, George serait parfaitement organisé. « Les jours rallongent, le temps empire », avait-il coutume de dire. Et c'était vrai. Passé le jour le plus court de l'année, le temps se dégradait. S'il y avait de la glace, de la glace noire, on ne voyait rien, et les passants glissaient sur les pavés – parfois, même des bus et des carrioles se renversaient –, si bien que la plupart des gens préféraient rester calfeutrés chez eux. Du coup, ce n'était pas un moment idéal pour piquer des mouchoirs en soie. Tout le monde laissait ses mains dans ses poches.

Les lampadaires étaient allumés. Worm aimait bien les lampadaires ; il aimait leur forme carrée qui s'évasait vers le haut, devenait beaucoup, beaucoup plus large, avec quelque chose au sommet. La lumière jaune qu'ils diffusaient évoquait la chaleur. S'il y avait du brouillard, ils étaient entourés d'un halo.

Les rues étaient encore grouillantes de monde, y compris Old Montague Street. Worm avança en restant dans l'ombre, les mains au fond des poches pour les garder au chaud. Après plusieurs tentatives, il finit par trouver la bonne adresse et frappa à la porte. Il se fit la réflexion que Pockets devait être chez lui, car de la fumée sortait de la cheminée. Il voyait les volutes s'élever dans la lumière d'un lampadaire.

Pockets ouvrit la porte.

— Oui ? dit-il en plissant les yeux pour voir qui était là.

— C'est moi, Worm. Je viens acheter quelque chose.

— Ha ! Tu as de l'argent ?

— Bien sûr ! s'indigna l'enfant.

— Combien ?

Worm s'était déjà laissé avoir par ce stratagème.

— Montre-moi d'abord ce que tu as. Tu as toujours les plus beaux mouchoirs et ce genre de choses.

— Et depuis quand il te faut un beau mouchoir ?

— Depuis que je dois offrir un cadeau à une dame très gentille qui me donne un repas de Noël et un bel endroit où dormir.

— Oh, je vois ! Mieux vaudrait que je sois sûr que tu ne lui en offres pas un que je lui ai pris ! rétorqua Pockets d'un air hautain.

Worm se sentit soudain mal à l'aise. Les choses ne se passaient pas comme il l'avait prévu.

— Tu n'en as pas ? demanda-t-il avec un air de défi.

— Si ! Viens voir.

Pockets l'emmena dans une pièce où étaient alignées trois commodes.

— Quel âge a cette dame ?

— Elle n'est pas très vieille.

— Est-ce qu'elle a les cheveux gris ?

— Non, elle n'est pas si vieille que ça !

Pockets réfléchit un instant. Très fort.

— Que dirais-tu de celui-ci ?

Il ouvrit un tiroir d'où il sortit une longue écharpe en soie si légère qu'elle semblait flotter dans l'air. Elle était très douce et entièrement décorée de tons roses, rouges et dorés. Lorsqu'il la laissa tomber par terre, Worm vit que le motif représentait des roses. De grosses roses avec des dizaines et des dizaines de pétales qui se mélangeaient les uns aux autres. C'était la plus belle chose qu'il ait jamais vue. Il se pencha pour la toucher, sans être sûr de l'avoir vraiment fait tellement elle était soyeuse.

— Ça te plaît ? demanda Pockets, d'une voix aussi douce que l'écharpe en soie.

Worm ne le regarda même pas. Il savait que quelque chose d'horrible allait suivre. Pockets ne donnait jamais rien pour moins que ce qu'il pouvait obtenir. Cette écharpe valait probablement de l'or.

Mentir ne servirait à rien. Pockets le devinerait tout de suite. Comme si quelqu'un pouvait ne pas aimer cette écharpe ! Worm imaginait déjà la tête de Claudine lorsqu'elle la verrait.

— Je n'ai pas autant d'argent, dit-il.

— Je peux t'en donner une moins chère.

Pockets ne voulait pas dire *donner*, mais *vendre*. Il en sortit une autre du tiroir. Si Worm n'avait pas vu celle avec les roses, il l'aurait trouvée jolie, mais plus maintenant. Celle-ci, il ne pourrait pas l'offrir à Claudine avec plaisir. Elle dirait qu'elle l'aimait bien, mais il saurait toujours qu'elle aurait préféré celle avec les roses, comme lui. Et Pockets le savait lui aussi.

— Alors ? Laquelle tu veux ? Je peux te donner la deuxième pour… disons, un shilling et six pence. La première vaut beaucoup plus, vingt fois plus.

— Je ne vole pas, dit Worm en le regardant.

— Personne ne te demande de voler ! D'ailleurs, tu n'es pas si doué que ça… Tu n'arrives qu'à te faire pincer, ce qui n'est utile à personne. Je voudrais que tu me rendes un service. Et en guise de dédommagement, je te donnerai l'écharpe.

— Une fois que j'aurais fait ce que tu veux, qu'est-ce qui me garantit que tu me la donneras ?

— Tu es devenu futé, dis donc ! Parce que tu ne me diras pas ce que je veux savoir tant que je ne t'aurai pas donné l'écharpe. Et si après tu ne me le dis pas, tu sais ce que je te ferai !

Worm réprima un frisson. Sachant qu'il n'obtiendrait pas mieux, il accepta.

— D'accord. Qu'est-ce que je dois faire ?

Pockets lui indiqua avec précision l'endroit où il devrait aller, un petit pub minable et bondé situé à moins de huit cents mètres. Là, il attendrait que deux personnes arrivent, séparément, et engagent la conversation. L'une d'elles était très facile à reconnaître. On l'appelait Ginger, parce qu'il avait une tignasse de cheveux roux et une barbe tout aussi rousse. En été, on voyait même des poils roux sur ses bras, mais, à cette période de l'année, il portait toujours un caban rapiécé qui avait été autrefois bleu marine et n'avait plus de couleur du tout.

— Et après ? demanda Worm.

— Il va rencontrer une femme qu'on appelle Pompette, parce qu'elle a toujours l'air d'être saoule. Elle a des yeux de pochtronne, mais elle est aussi sobre qu'un juge. Pompette va lui poser des questions dont elle me transmettra les réponses. Seulement, elle me mentira, par conséquent je veux que tu écoutes bien et que tu me rapportes la vérité. Si tu le fais, l'écharpe avec les roses sera à toi. Et sinon, je te balancerai dans le fleuve après te l'avoir attachée autour du cou. Comme ça on pourra dire que je t'ai étranglé avec une écharpe de roses. C'est compris ?

La gorge de Worm se serra, mais il hocha la tête.

— Et si tu t'enfuis, je te retrouverai ! Londres n'est pas assez grand pour s'y cacher. En tout cas, pas celui que tu connais. Pigé ?

— Et tu me donneras les roses ? Moi aussi, j'ai des amis ! Qui sont très gentils quand ils vous aiment bien, mais qui sont très méchants si on marche sur leurs orteils !

— Ah oui ? Et tu es un de leurs orteils ?

— Oui !

Worm regarda Pockets droit dans les yeux, surpris d'y voir de l'amusement plus que de la colère.

— Bon, ne reste pas là comme une mauvaise herbe qui aurait poussé sur le plancher… File ! ordonna Pockets.

L'enfant obéit. L'écharpe valait bien un travail. Il trouva le pub facilement et entra sans que personne l'embête. Il pourrait toujours prétendre qu'il avait faim – en réalité, il n'aurait pas besoin de le prétendre – et qu'il débarrasserait les verres sales et les rapporterait à la cuisine en échange d'un sandwich.

Une demi-heure s'écoula avant qu'il voie le grand homme roux arriver. Le rater aurait été difficile. Quelques instants après, une femme à l'air éméché entra d'un pas titubant et vint s'asseoir à côté du rouquin.

Worm se fit aussi minuscule que possible. Il allait devoir se souvenir de chaque mot qu'il entendrait. Avoir l'écharpe en dépendrait.

Quand il revint chez Pockets, il était bien plus tard qu'il ne l'avait escompté. À la clinique, on allait se demander où il était passé. Il aurait droit à un savon de la part de Squeaky, mais celui-ci mentirait à Claudine, non pas pour le défendre mais pour éviter qu'elle ne s'inquiète.

— Alors ? demanda Pockets dès qu'il franchit la porte.

Pas même un « Ça va ? » ou une tasse de thé.

— Ils sont venus.

Worm essaya de se concentrer et de penser uniquement à ce qu'il avait entendu avant de l'oublier.

— Ginger était là et, quelques minutes après, Pompette est arrivée. Elle a titubé jusqu'à ce qu'elle soit assise. Mais quand elle s'est mise à parler, elle était comme tu as dit, aussi sobre qu'un juge.

— Oui ! Et qu'est-ce qu'elle a raconté ?

— Elle pensait qu'ils avaient eu la fille, mais elle n'était pas sûre que ce soit un avantage pour eux. Parce que cette femme est un vrai chat sauvage, qui ronronne une seconde et celle d'après vous griffe les yeux...

— Je me fiche de tout ça, l'interrompit Pockets. Continue ! Quoi d'autre ?

— Il était question d'un vol...

Worm s'efforçait de garder les idées claires.

— Et de beaucoup d'or, mais aucun d'eux ne sait où il se trouve. Où est mon écharpe ?

— Hein, quoi ? Oh...

Pockets la sortit de sa poche.

— Tiens ! Et quoi d'autre ? Où est le vieux... celui qui a pris le butin ?

— Il est mort. En tout cas, c'est ce qu'a dit Ginger.

— Allons, continue, sans quoi je te passe l'écharpe autour du cou en la serrant de toutes mes forces !

— Ils l'ont poursuivi, mais il est tombé dans la Tamise. Ils pensent qu'il s'est noyé.

— Tu en es sûr ?

— C'est ce qu'elle a dit.

— Et qu'est-ce qu'ils comptent faire ? Ils ont dû en parler !

— Oui. Ils vont obliger la femme qui a mauvais caractère à dire la vérité sur le vieil homme qui est son père et qui a caché l'or. Ils croient qu'elle sait où il est.

— Donc, ils ont la fille ?

— Oui.

— Où ça ?

— Ils ne l'ont pas dit.

— Tu en es certain ? Réfléchis bien.

— Quelque part pas très loin d'ici, mais ils n'ont pas dit où. C'est la vérité. Je peux partir ? Il va me falloir une heure pour rentrer et, en voyant que j'arrive aussi tard, ils vont m'écorcher vif !

Pockets parut hésiter.

— Et je suppose que tu voudrais que je te file de quoi prendre un fiacre pour te ramener ?

— Ah oui ? Euh… oui !

Pockets sortit un shilling de sa poche.

— C'est pour la course, pas pour t'acheter des sandwiches !

— Promis.

— Allez, va-t'en !

Le trajet en fiacre jusqu'à Portpool Lane semblait n'en plus finir, pourtant il prit fin bien trop vite. Comme Worm s'y était attendu, à peine entra-t-il dans la cuisine qu'une main osseuse s'abattit sur son épaule.

L'enfant sursauta. Il avait beau s'y être préparé, Squeaky l'avait pris par surprise.

— Oh !

— C'est tout ce que tu trouves à dire pour ta défense ? demanda doucement Squeaky, ce qui était plus effrayant que s'il avait crié.

— Non…

— Alors quoi ? J'ai menti pour toi à Miss Claudine. Tu ferais mieux d'avoir une excellente explication à me donner, sans quoi je lui dis la vérité.

— Non, vous ne ferez pas ça…

Worm gigota, sans parvenir pour autant à se libérer.

— Vous lui avez menti pour qu'elle ne s'inquiète pas. C'est pour elle que vous l'avez fait, pas pour moi !

Il se rendit compte qu'il prenait là un gros risque. Sans doute trop gros.

— J'ai un cadeau pour elle, mais il a fallu que je le gagne. Lâchez-moi… Je vais vous montrer.

— Que tu le gagnes ? Et en faisant quoi ? demanda Squeaky d'un air suspicieux.

— En rendant un service. Lâchez-moi, et je vous montrerai.

Squeaky le lâcha.

L'enfant s'ébroua, puis il plongea la main sous sa veste d'où il sortit l'écharpe. Même là, dans l'unique lumière qui restait allumée toute la nuit dans la cuisine, elle avait une beauté magique. Il guetta la réaction de Squeaky en espérant qu'il allait approuver. Pour lui, c'était important.

— Où as-tu trouvé ça ?

Le regard stupéfait, Squeaky palpa l'écharpe et sentit sa douceur sous ses doigts.

— Où as-tu trouvé ça ? répéta-t-il.

— Vous croyez qu'elle lui plaira ?

Squeaky poussa un long soupir.

— Oui. Ce sera la plus belle écharpe qu'elle ait jamais vue. Et maintenant, où l'as-tu trouvée ?

Le petit garçon sourit jusqu'aux oreilles.

— J'ai rendu un service et je l'ai gagnée ! Je ne l'ai pas volée !

— Jamais je n'ai imaginé une telle chose, mentit Squeaky. Donne-la-moi, je vais la mettre à l'abri avec l'argent. On va devoir trouver du beau papier pour l'emballer. Et alors, ce service que tu as rendu, tu m'en parles ? ajouta-t-il en plissant les yeux.

— Je… Demain matin.

— Non, tout de suite. Tu veux une tasse de thé ?

— Oui.

— Avec un morceau de cake ?

— Oui.

Dix minutes plus tard, ils étaient attablés sous une flaque de lumière, devant des tasses de thé et deux grosses tranches de gâteau.

Pendant quelques instants, ils mangèrent en silence. Le thé était trop brûlant pour le boire immédiatement. Squeaky prit enfin la parole.

— Qu'est-ce qui ne va pas ?

Worm faillit répondre que tout allait très bien, sauf que Squeaky devinait toujours quand on mentait. Peut-être que lui-même avait raconté tant de mensonges dans sa vie qu'il le savait dès qu'on ouvrait la bouche. Mais Worm aurait préféré ne parler à personne de ce qu'il avait fait.

Squeaky attendit. Il porta la tasse à ses lèvres ; comme le thé était encore trop chaud, il leur coupa une autre part de cake à chacun. Un cake délicieux, bien moelleux au milieu, sans aucune partie sèche ou dure. Il faudrait qu'il pense à expliquer pourquoi il n'en restait plus le lendemain matin.

— Je devais retenir une histoire, et en étant précis, commença Worm, la bouche pleine de gâteau.

Puis il en resta là.

— Et c'était quoi ? demanda Squeaky.

Worm avala.

— Il y a eu un cambriolage, auquel sont mêlés deux hommes et un autre plus vieux, qui a emporté le butin. Ils ne savent pas où il l'a caché. La seule qui pourrait le savoir est une femme, qui a un sale caractère. Ils ont tué le vieux, ou ils pensent l'avoir tué.

Ses yeux ne quittèrent pas le visage de Squeaky une seconde.

Ce dernier réfléchit en vitesse. Maintenant, il comprenait de quoi le gamin avait peur.

— Tu as vu ces gens ? demanda-t-il, plus pour se laisser le temps de réfléchir que dans l'espoir d'apprendre quelque chose d'utile.

— Seulement l'homme et la femme qui parlaient.

Une lueur d'espoir brilla dans les yeux de l'enfant, mais Squeaky avait déjà une réponse.

— Lui, on l'appelle Ginger, parce qu'il a les cheveux roux, et elle, Pompette, parce qu'elle a tout le temps l'air saoule.

Il l'avait dit avec une sorte d'enthousiasme, comme s'il pensait que ça pourrait être intéressant.

— Un autre nom ?

— Non.

— À quoi tu penses ? Tu imagines que la femme en question est Éloïse, c'est ça ? enchaîna Squeaky.

— C'est elle ? s'exclama Worm avec un étonnement sincère. Ils ont dit qu'ils avaient la jeune femme – celle au sale caractère –, et ils croient qu'ils ont tué son père, mais ils ne savent pas où est l'or, alors que, elle, elle le sait.

Squeaky réfléchit à toute vitesse. Il n'avait pas envie du tout que cette histoire soit vraie.

— Il est possible que ce soit cette fille. Ou cinquante autres.

Il vit l'espoir et la peur se mêler dans le regard de Worm. Fallait-il qu'il lui mente pour le rassurer ? Si la femme était bien Éloïse, elle s'était mise dans un très sale pétrin ! Voilà qui expliquerait pourquoi les deux hommes tenaient tant à la garder… En revanche, cela n'expliquait en rien pourquoi elle restait avec eux. Il en fit la remarque à Worm.

— Ben si ! dit tout bas l'enfant. S'ils ont tué le vieil homme et que c'était son père, elle voudra les retrouver.

Squeaky dut proposer une autre raison.

— Ou peut-être qu'elle veut l'or, elle aussi, et qu'elle pense que les deux hommes savent où il est, observa-t-il.

Aussitôt, il le regretta. Qu'est-ce qui était le pire ? Qu'elle soit une victime et risque de finir morte ? Ou qu'elle essaie de tuer un des hommes, voire les deux, pour venger la mort de son père ? Dans un cas comme dans l'autre, ils ne pourraient pas l'aider, et le gamin souffrirait de le savoir.

Quel genre d'histoire paraîtrait plausible ?

Worm l'observait en attendant qu'il dise quelque chose.

Squeaky repensa à une époque et à un lieu auxquels il n'avait jamais voulu repenser. Un jour, quand il était jeune, et un peu plus que maladroit, une femme qu'il admirait avait eu des problèmes. Il avait hésité, mais le courage lui avait manqué. Elle en préférait un autre, il en était certain, de sorte qu'il avait gardé ses distances plutôt que de courir le risque de se voir rejeté. Elle avait été blessée dans ses sentiments, et dans sa réputation. Il aurait pu persister, ou au moins essayer. Il s'en souvenait encore avec regret. S'il l'avait fait, sa vie aurait-elle été différente ? Meilleure ? Pire ? Il ne le saurait jamais. Le souvenir demeurait encore entaché de culpabilité.

Et maintenant il était là, en train de vouloir protéger Worm, de la même façon qu'il s'était lui-même protégé sans jamais avoir su ce qu'il avait perdu. Mieux valait blesser et essayer quitte à échouer que de blesser sans même avoir essayé.

Il se lança.

— Il faut qu'on réfléchisse bien, et qu'on établisse un plan.

Immédiatement, l'enfant se redressa sur sa chaise, les yeux brillants.

Squeaky sentit sa gorge se nouer, au point qu'il parvenait à peine à respirer. Avait-il perdu l'esprit ? Après une vie passée à jouer la sécurité, à toujours réfléchir avant d'agir, à toujours savoir comment s'en tirer s'il le fallait, il était en train de se précipiter tête baissée dans quelque chose à quoi il n'avait aucune raison de penser ! Et encore moins de se mêler.

— Quoi ? demanda Worm. Qu'est-ce qu'il faut qu'on fasse ?

Squeaky choisit ses mots avec précaution.

— D'abord, il faut qu'on en sache le plus possible, de façon précise, et non qu'on se contente de deviner.

— Je vais venir avec vous, s'empressa de dire Worm.

— Non, pas question ! Si on y va ensemble, ils se souviendront de nous. Je m'habillerai d'une manière différente. Même toi, tu ne me reconnaîtras pas.

Bien qu'il paraisse sceptique, l'enfant ne discuta pas.

— De toute façon, il y a des tas de choses à faire ici. Tu dois aider Miss Claudine à préparer Noël…

— Je ne sais pas si…

— Fais ce que je te dis ! Accroche des rubans, monte sur des échelles, va chercher des choses et porte-les. S'il le faut, raconte-lui des bobards sur l'endroit où je suis allé.

— Elle sait toujours quand je mens, dit Worm en se mordant la lèvre.

— Tu ne mentiras pas. Tu répéteras simplement ce que je te dirai. Et ne discute pas, sans quoi on va y passer la nuit ! Bois ton thé et écoute-moi. Il faut qu'on range tout ça… et qu'on se débarrasse de ces miettes.

— Ils comprendront… On a mangé la moitié du cake.

— Pas tout à fait la moitié, mais ça ne change rien. Bon, avant tout, il faudra que j'aille chercher de quoi préparer des gâteaux.

— Qu'est-ce que je vais faire ?

— Tout ce que te dira Miss Claudine, comme ça elle sera tellement occupée à te surveiller qu'elle ne se demandera pas où je suis ! Et maintenant, file au lit en vitesse !

Bien que fatigué, Squeaky eut un mal fou à dormir. Qu'est-ce qui lui avait pris ? Il allait probablement découvrir qu'Éloïse et son père étaient des voleurs, et que celui-ci avait été tué parce qu'ils avaient voulu garder la totalité de l'or au lieu de le partager. Toute cette histoire se terminerait dans un gâchis sordide… Pauvre Worm avec sa dame qui avait de la lumière dans les cheveux !

Pouvait-il inventer quelque chose qui sonnait mieux ? Ce n'était pas difficile.

Sauf que le gamin, qui devinait un mensonge aussi vite que Claudine, n'aurait plus jamais confiance en lui et en resterait blessé au plus profond. Plus que d'avoir perdu le rêve d'Éloïse ? Sans doute, car ce serait une perte bien réelle.

Le serait-ce vraiment ? Squeaky ne représentait un idéal pour personne. Pourquoi s'inquiétait-il autant de ce que ce gosse pensait de lui ? C'était absurde ! Peut-être vaudrait-il mieux que Worm prenne conscience qu'il était une crapule, et parfois un voleur. Ou qu'il l'avait été ! Quand le besoin se présentait, il était encore un excellent faussaire. Respectable en apparence, mais grâce à une épaisse couche de peinture.

La peinture permettait de faire de beaux tableaux, seulement, derrière, il n'y avait rien.

Allongé dans le noir, Squeaky fixait le plafond sans le voir. Est-ce qu'on changeait vraiment ? Se pouvait-il que Worm croie qu'il avait changé ?

Et en quoi ? Sinon en étant quelqu'un qui ne lui mentait pas.

D'ailleurs, quelle était la vérité concernant Éloïse ? Peut-être devrait-il commencer par la découvrir. Lorsqu'il aurait une idée de la réalité, il déciderait quoi dire à l'enfant. Un bon mensonge devait contenir une part de vérité.

Il commença le matin, dès qu'il eut accompli ses tâches les plus urgentes. Comme d'habitude, il s'agissait de problèmes d'argent : vérifier ce qu'ils pouvaient dépenser pour reconstituer le stock de médicaments, de pansements, de linge et de nourriture destiné aux invalides se remettant d'une fièvre, d'une blessure, ou simplement des effets de l'hiver lorsqu'on vivait dans la rue à Londres. Il ne faisait aucun doute que tous les lits des deux maisons et demie seraient occupés. Pourquoi quelqu'un devrait-il rester dehors et seul à Noël ? Si la nuit était humide, ou glaciale, il était même possible que des gens viennent dormir dans le hall d'entrée à même le sol. Comme cela s'était produit l'année précédente.

Quant à la nourriture… Il n'y avait aucune limite à ce qu'un gamin affamé comme Worm était capable d'engloutir ! Pas forcément de la dinde farcie ou du pudding de Noël, ce pouvait être un simple quignon de pain rassis avec de la confiture. Heureusement que Claudine supervisait la fabrication de tonneaux entiers de confiture pendant la saison où on pouvait acheter des prunes un peu trop mûres pour quelques shillings. Et de la rhubarbe. Qui aurait imaginé que la rhubarbe faisait une aussi bonne confiture ? Il l'avait vue y ajouter un peu de gingembre. C'était peut-être ça qui faisait la différence. Dans certains domaines, Claudine avait la main sûre, surtout pour une femme qui avait une cuisinière chez elle et n'entrait jamais dans sa propre cuisine.

Mais là, il était en train de s'éloigner du sujet. Les registres étaient en ordre. Il avait accompli la tâche qu'il avait remise à plus tard depuis des semaines. Plus rien ne le retenait à Portpool Lane. Il prit dans l'armoire son plus vieux manteau et un chapeau au bord écrasé qui lui donnait une allure d'ivrogne. Après les avoir revêtus, il sortit dans le vent et la pluie.

Squeaky commença par aller voir de vieilles connaissances afin de leur poser quelques questions informelles. Il apprit très peu de choses. Bien qu'il ignorât le nom des deux hommes qui avaient emmené Éloïse, il put en donner une description suffisante pour apprendre que le plus âgé s'appelait Oldham. S'en souvenir serait facile. Le plus jeune était connu sous plusieurs surnoms dont aucun n'était mémorable.

Apparemment, ils étaient cousins, et ils pratiquaient le vol ainsi que d'autres activités de ce genre depuis des années. Squeaky décida d'appeler le deuxième « Jeunot ». Tous deux avaient purgé une peine de prison à Cold Bath Fields. Ils devaient être sacrément solides pour en être ressortis vivants. Ce n'était pas si fréquent.

Tout cela avait beau être fort intéressant, ce n'était en rien de bonnes nouvelles. Ces éléments d'information faisaient passer l'affaire dans une autre catégorie que le vol banal qu'il avait supposé. La situation était grave.

Squeaky s'installa dans un café devant une tasse de thé pour réfléchir, il déciderait plus tard. Il croyait savoir de quel cambriolage il s'agissait. Les journaux en avaient parlé. Pendant plus d'une demi-heure, il chercha à se persuader que ce n'était pas ce cambriolage mais un autre. Car si c'était celui-là, mieux valait ne surtout pas s'en mêler.

Cependant, il connaissait bien ce genre d'individus. L'image de Goldie lui traversa l'esprit, telle qu'elle avait été il y avait longtemps. Bien qu'elle n'ait pas été une fille qu'il voulait, il n'avait jamais réussi à se la sortir complètement de la tête. Elle était liée à tout ce qu'il aurait préféré oublier. Désormais, il était quelqu'un d'autre. Pour commencer, il avait trente ans de plus ! Trente années difficiles, remplies d'événements dont il n'était pas très fier. À l'époque, il avait trouvé son comportement normal, et même malin, indispensable en tout cas pour survivre dans le milieu dur qui était le sien. Mais, rétrospectivement, il le jugeait minable.

Goldie était toujours en vie, il le savait. Bien qu'il essayât de l'éviter, il entendait souvent parler d'elle.

Non. C'était un mensonge. Il n'essayait que parfois. D'autres fois, comme à toute vieille blessure, il y repensait malgré lui lorsqu'il passait quelque part où ils étaient allés ensemble, en se querellant comme à l'ordinaire. Ou quand quelqu'un mentionnait un nom qui appartenait au passé, en général pour dire que la personne en question était morte. Il faisait toujours semblant que ça lui était égal. Or, rien n'était plus faux.

Avait-il des regrets ? Pas vraiment. Il n'en avait plus maintenant. Il préférait ne pas savoir ce que Goldie était devenue avec le temps. Sans doute rien de formidable. Son caractère avait dû empirer avec l'âge et les difficultés de la vie. Elle pouvait être fielleuse. Déjà à l'époque, elle commençait à se faner.

Quoi qu'il en soit, plus il contemplait son thé refroidi, plus il savait qu'il finirait par devoir aller la voir. Elle était la seule à détenir le genre d'informations dont il aurait besoin s'il voulait aider Éloïse à se libérer des deux hommes qui avaient tué son père.

Il remit sa décision encore un peu. Il devait d'abord découvrir d'autres choses. Lentement, il se leva et sortit dans la rue. La pluie avait cessé, mais le vent, glacial, s'était renforcé. Des pans de bleu crevaient le ciel. À coup sûr, il gèlerait pendant la nuit.

Squeaky connaissait un policier qui avait commis une ou deux erreurs dont il n'ignorait aucun détail. Il serait prêt à l'aider. Le rencontrer et lui demander de le faire serait simple.

Par le passé, exercer une vague pression sur des gens avait été chez lui une seconde nature. Désormais, imaginer ce que Claudine en aurait pensé le mettait particulièrement mal à l'aise – ce qui était ridicule ! Elle le voyait comme un vieux dépravé répugnant, qui se trouvait être d'une grande efficacité dans la tenue des comptes de la clinique, ou pour se procurer les fournitures indispensables à des prix très raisonnables. Et en tant que femme d'une grande bonté, c'était son devoir de chrétienne de ne pas se remémorer son passé. Le fait que Claudine soit gentille lui plaisait et l'irritait à la fois, comme du sel sur une blessure. Cependant, il n'y changerait rien, même s'il l'avait pu. Il ne voulait pas d'une autre Goldie, ni de qui que ce soit de semblable. Elle appartenait au passé.

Squeaky connaissait les horaires du policier. C'était une source de renseignements qu'il était bon d'avoir. On ne savait jamais à quel moment elle pourrait se révéler utile.

Pour être sûr d'attraper Alf au moment où il quitterait son service, il dut prendre un omnibus. Pour finir, il faillit le rater.

— Bonjour, Alf, dit-il en le rattrapant dans la ruelle avant qu'il tourne dans Tooley Street.

Sur leur droite, un lampadaire éclairait la scène. Là-haut sur la colline, un train brinquebalait en direction de la gare de London Bridge. En contrebas, les flots noirs de la Tamise reflétaient les lumières mouvantes des gros bateaux.

Alf se figea sur place puis, lentement, se retourna.

— Si tu me prends encore par surprise, espèce de vieille crapule sournoise, je vais m'occuper de toi, je te le jure ! Je te croyais mort… Ça fait tellement longtemps que je n'ai pas de tes nouvelles que j'ai cru que mes vœux s'étaient enfin réalisés ! Qu'est-ce que tu veux ?

— Comme d'habitude, répondit Squeaky sans relever l'insulte. Une petite information. Pas grand-chose, mais je la veux vite et sans que personne soit mis au courant que ça m'intéresse.

Alf ne parut en rien rassuré.

— Une information sur quoi ?

— Un cambriolage qui remonte à deux ans. On n'a jamais récupéré le butin…

— C'est ce qui arrive la plupart du temps, observa Alf d'un ton cinglant. Pourquoi ? Tu l'as retrouvé ?

Si c'est le cas, tu es idiot de me le dire, parce que je vais te coffrer !

— Tu serais plutôt du genre à le garder pour toi, rétorqua Squeaky. Comme autrefois ! L'oublier t'arrange peut-être… Moi pas !

Alf devint rouge cramoisi.

— Il y avait juste quelques billets !

— Je ne me souviens plus des détails, dit Squeaky avec un sourire qui aurait glacé le sang du policier s'il avait pu le distinguer dans la pénombre. Mais je pourrais me les rappeler… s'il le fallait !

— De quel cambriolage tu parles ? demanda Alf en s'efforçant de sourire.

— De l'or volé. Par trois hommes, je crois. Au moins deux. Un vieux et un jeune. Ils se sont disputés. Il se pourrait qu'ils aient tué le troisième.

— Ah, cette affaire-là ! Oui, je crois bien qu'ils l'ont tué. C'est stupide de leur part, parce qu'ils ont perdu le butin. Ils auront fait tout ça pour rien ! conclut Alf d'un air satisfait.

— Raconte-moi ce que tu sais.

Squeaky ne pouvait plus reculer, néanmoins, il n'était pas sûr de vouloir connaître le fond de l'affaire.

— C'est tout, protesta Alf en reculant d'un pas.

Squeaky l'agrippa par le bras.

— Non, ce n'est pas tout ! Donne-moi des noms. Des dates. Combien d'or y avait-il ? D'où venaient-ils et où sont-ils partis ?

Alf le dévisagea.

— Tu proposes quoi en échange ?

— Dix-neuf shillings et six pence, répondit Squeaky.

C'était la somme exacte qu'Alfred avait subtilisée alors qu'il aurait dû la remettre à ses supérieurs, soit le salaire hebdomadaire d'un policier.

Alf pâlit. Il marmonna quelque chose entre ses dents, mais Squeaky choisit de ne rien entendre.

— Truscott & Company, dit-il avec réticence. Dans Great Hermitage Street. De l'autre côté du fleuve.

— Je vois où c'est. Quand ?

— Le 5 octobre. Il y a deux ans. Je ne sais pas quelle quantité d'or il y avait. L'équivalent de deux mille livres ou plus. Avec ça, je pourrais vivre comme un prince jusqu'à la fin de mes jours !

— On le pourrait tous. De quel côté ont-ils filé ?

— Vers le fleuve. Quoi d'autre ?

— Tous les trois ?

— Je n'en sais rien… Je t'assure que c'est vrai.

— Et la femme, à quel moment elle intervient ?

— La femme ? Quelle femme ? demanda Alf, l'air confus.

— À quelle heure ça s'est passé dans la journée ?

— Je ne sais pas… Vers trois heures, je crois. Ils sont partis, la nuit est tombée, et on les a perdus… Je ne sais pas ce qui s'est passé après. Voilà, c'est tout.

Il se dégagea de l'emprise de Squeaky.

Ce dernier étant enclin à le croire, il le laissa. Il en savait déjà nettement plus qu'une heure plus tôt.

Maintenant, il n'avait pas d'autre choix que de repasser sur la rive nord de la Tamise pour aller voir Goldie.

Mais est-ce que ça en valait la peine ? Que découvrirait-il ? Qu'il s'agissait d'une énième affaire de voleurs cupides attirés par l'appât du gain qui avaient caché le butin avant de tuer la seule personne qui savait où il se trouvait ? Et maintenant, ils essayaient de le récupérer, grâce à la fille de l'homme qu'ils avaient assassiné. C'était à la fois sordide et trop facile à croire.

Comment faire pour que Worm se sente mieux ? Fallait-il qu'il laisse tomber ? La situation était déjà épouvantable, et il ne pourrait qu'apprendre pire encore.

Que feraient les deux hommes d'Éloïse si elle leur révélait où était caché l'or ? La question était stupide… S'ils avaient tué son père et si elle le savait, ils la tueraient elle aussi. Ça tombait sous le sens.

Deux heures plus tard, Squeaky se retrouva devant la porte familière du club situé dans une petite rue sur la rive nord de la Tamise. Goldie, qui en était toujours la propriétaire, habitait l'appartement au-dessus. Il se sentait nerveux. Son col le serrait. Ses bottines le comprimaient. Bien qu'il ne soit plus l'homme qu'il avait été, il n'était pas encore celui qu'il voulait être.

Bon sang !

Il frappa un grand coup à la porte. Il s'apprêtait à le faire une seconde fois lorsque celle-ci s'ouvrit. Une petite femme apparut sur le seuil. Du moins, petite en taille, mais pas en circonférence. Autrefois, Goldie avait eu des proportions généreuses ; là, elle était simplement grosse. Ses cheveux étaient d'un blond cuivré que n'avait pas prévu la nature. En réalité, à en juger par ses yeux sombres et ses sourcils d'un noir superbe, il était probable que la nature l'avait faite brune. Elle avait encore les vestiges de la beauté qui l'avait jadis rendue célèbre. C'était là dans la structure de ses os, et la forme de ses sourcils. Elle ne parut ni très surprise ni très heureuse de le voir.

Dans son regard brillait un vif souvenir.

— Qui diable es-tu ? demanda-t-elle d'un ton peu amène.

— Aurais-tu perdu la mémoire ? Sans doute est-ce aussi bien… J'aimerais tellement perdre une partie de la mienne…

— Je me fiche totalement de ce que tu fais mais ne le fais pas devant ma porte ! rétorqua Goldie.

— Ce n'était pas mon intention.

Il la poussa doucement par les épaules, de sorte qu'elle fut obligée de reculer pour ne pas tomber à la renverse. Il la suivit à l'intérieur et referma la porte d'un coup de talon.

— Qu'est-ce que tu veux, après tout ce temps ? demanda Goldie avec amertume.

— Un renseignement. Qu'est-ce que j'ai jamais voulu d'autre ?

Elle émit un petit rire sec.

— Plus que tu n'aurais jamais obtenu !

— En tout cas plus que toi, Goldie.

Squeaky passa devant elle et entra dans le salon. Voir à quel point la pièce avait peu changé l'étonna. Un peu plus déglinguée, peut-être. Les lampes étaient toujours les mêmes : en verre coloré gravé de fleurs dans des teintes roses et dorées. Des franges qui dansaient dès qu'on les frôlait. Les mêmes petites tables aux pieds torsadés et les miroirs au cadre doré, disposés de manière à donner l'illusion d'un espace nettement plus grand. Une illusion. Qu'est-ce qui ne l'était pas ? Tout l'était, la mémoire, les rêves et les désirs.

En réalité, en quoi était-il différent de Worm et de ses idées folles à propos d'Éloïse ?

Il en voulut soudain à la jeune femme d'être tellement moins que ce que la croyait un enfant. Lui-même ne se souciait plus de savoir si Goldie représentait quelque chose ou rien. Il n'était plus un gosse ; sans doute n'en avait-il jamais été un. Il ne s'en souvenait pas. Il ne voulait pas le savoir.

— J'aimerais des renseignements sur deux voleurs, Oldham et un jeune avec qui il a opéré. Parle-moi d'eux, et du cambriolage qui a eu lieu chez Truscott & Co il y a deux ans.

Goldie plaqua ses mains sur ses hanches.

— Pourquoi tu veux le savoir ? Je ne sais pas où est l'or, et personne ne sait où il est.

— Parce que le seul qui le savait est mort ?

Elle était étonnée, mais elle s'efforça de le dissimuler. Puis, en observant son visage, elle comprit que Squeaky n'était pas dupe. Elle haussa les épaules avec humeur.

— Raconte-moi ce que tu sais sur ces deux hommes, insista-t-il.

Goldie alla s'asseoir lourdement sur son canapé préféré, au coin du feu, et le laissa trouver lui-même un siège.

— C'est moche, commença-t-elle. Parce qu'ils ont peur. Au fond d'eux, ils ont une sacrée trouille !

Squeaky s'assit avec précaution. Il ne perçut aucun bruit. Aucun souffle d'air ne s'échappa du coussin, aucun ressort ne grinça, bien que plus d'un soit cassé.

— Oldham ? répéta-t-elle comme si elle cherchait dans ses souvenirs.

Squeaky savait qu'elle jouait la comédie ; Goldie n'oubliait jamais rien sur personne. Dans son métier, c'était un atout essentiel. C'était ce qu'elle vendait qui la rendait différente. Le physique n'était qu'une apparence, pas la substance.

Il attendit.

— Ce type voudrait être quelqu'un. Il veut qu'on le reconnaisse, qu'on se souvienne de lui… C'est un de ceux qui n'existent que dans le regard des autres. S'il est livré à lui-même, ou si on passe devant lui sans le reconnaître, il est comme vide. Il n'y a personne.

Squeaky commençait à se faire une idée du personnage. Seulement en germe, encore rien de réel. Néanmoins, il se souviendrait de ce que Goldie venait de dire.

— Et le jeune ? De quoi a-t-il peur ?

Elle le regarda d'un air consterné.

— Tu sais où tu es ?

— Bien sûr que oui… Tu veux dire que lui ne le sait pas ?

— Il n'a de place nulle part. Mais le savoir ne te sert à rien. Il tient à ce que tout soit précis, c'est en partie ce qui le dérange tellement dans le fait d'avoir perdu le butin. Ils lui ont joué une sorte de tour sur l'endroit où ils ont caché l'or. Toute cette bande, ce sont des roublards !

Elle prononça le mot comme si c'était une maladie, ou comme avoir des poux.

— Qui ça, toute cette bande ? Il y avait un type âgé et un jeune, et le vieux qui a été tué. Qui d'autre ?

— Peut-être qu'il a été tué, peut-être pas, corrigea-t-elle, les coins de sa bouche s'affaissant. Sa fille, Lizzie, ou quel que soit son nom, est une rusée elle aussi.

Elle a l'air d'une sainte, et une minute après on dirait une grue, après quoi elle redevient une petite chose tranquille sur laquelle on ne se retournerait même pas !

— Éloïse ?

— Peut-être. C'est quoi ce nom ? s'exclama Goldie avec une grimace de dégoût.

Le nom de quelqu'un que tu aimerais être, songea Squeaky.

— Je ne sais pas, répondit-il. Un nom français ?

— Elle est aussi anglaise que je le suis ! Si tu veux mon avis, elle se donne des airs de grande dame.

— Aussi anglaise que tu l'es ?

En voyant son expression, Squeaky regretta sa remarque.

— Ou que moi, se hâta-t-il d'ajouter.

Goldie lisait en lui comme dans un livre ouvert. Elle l'avait toujours fait. Sauf que, autrefois, il était jeune, et son désir d'amour avait fait de lui un imbécile. Il n'avait pas cherché là où il le fallait. Maintenant, l'amitié était plus importante. Il lui sourit pour lui faire comprendre que son armure était intacte.

— Donc, elle est tout ce qu'elle veut être, en fonction de ce qui l'arrange, résuma-t-il. En d'autres termes, c'est une femme. J'imagine qu'il faut bien survivre…

— Qu'est-ce qui t'arrive ? s'exclama Goldie d'un air incrédule. Tu vieillis… Tu te ramollis !

— On vieillit tous… du moins, ceux qui ont de la chance. Les autres meurent jeunes.

— On n'a pas tous le cerveau qui se ramollit pour autant, lui fit-elle remarquer.

— Non. Toi, tu as toujours la tête aussi dure que le cœur…

Cette fois encore, il regretta ses propos. Il laissait ses pensées s'exprimer avec trop de spontanéité. Peut-être que c'était vrai, qu'il se ramollissait !

— Si je comprends bien, la fille est intelligente…

— Évidemment qu'elle l'est, vieil idiot ! Et même beaucoup trop. Elle finira par se faire tuer… Tu verras !

— C'était de l'or, pas des billets du Trésor ou ce genre de choses ?

— Je te l'ai déjà dit !

— Combien de temps le vieux a-t-il gardé l'or ? Combien de temps après le cambriolage a-t-il disparu ?

— Quelques jours… Je ne sais pas. D'ailleurs, qu'est-ce que ça peut te faire ? Pourquoi tu es venu exactement ?

De nouveau, elle lui jeta un regard suspicieux.

Parce qu'un petit garçon avait des rêves qui n'étaient en réalité que des illusions… Mais Squeaky ne voulait pas qu'elle le sache. C'était trop important. En même temps, Worm ne devrait jamais penser qu'il lui avait menti. Sa déception serait trop profonde. La vie était pleine de réalités dures à accepter. Il fallait qu'il existe au moins une personne qui ne vous mentait jamais, si douloureuse que soit la vérité. Mais il ne pouvait pas dire cela à Goldie. Se le dire à lui-même était déjà assez difficile !

— Pour évoquer le bon vieux temps, je suppose, mentit Squeaky.

Elle ne se laissa pas prendre. Les années n'avaient pas été tendres avec elle, elle en était consciente. Et « le bon vieux temps » n'avait pas été aussi bon que ça. Squeaky n'était pas du genre à être sentimental.

— D'accord, reprit-il en haussant les épaules. J'aimerais mettre la main sur cet or. Il doit bien être quelque part.

— Bonne chance, vieil imbécile ! Il en coûtera de nouveau la vie à quelqu'un ! Tu verras.

Squeaky se leva. S'il s'attardait davantage, il risquait de révéler quelque chose qui pourrait être important. Moins elle en saurait, mieux ce serait.

— Au revoir, Goldie, dit-il avant de sortir.

Le lendemain matin, Squeaky retrouva Worm et le personnel au petit déjeuner.

— Noël approche, dit-il sans s'adresser à personne en particulier.

Le petit garçon se redressa légèrement sur sa chaise.

— Il reste des choses à faire, enchaîna Squeaky le plus naturellement du monde. Je crois savoir où trouver de belles boules dorées. Je vais emmener Worm avec moi…

Il faillit ajouter « pour les porter », mais il eut une meilleure idée.

— Avoir un enfant avec soi marche à tous les coups !

— Quel cynisme ! s'indigna Ruby, la bonne.

— Où as-tu appris ce mot ? s'étonna Squeaky.

— C'est Miss Claudine… euh, Mrs. Burroughs, se corrigea-t-elle, sachant que sa position ne lui permettait pas de prendre de telles libertés.

— C'est un mot bien trop savant ! rétorqua Squeaky. En route, Worm… Si tu restes ici, tu vas passer toute la journée à te goinfrer !

L'enfant se leva d'un bond.

— On va où ?

— Chercher Éloïse, murmura Squeaky, bien qu'ils soient déjà devant la porte et suffisamment loin de la cuisine.

— Pourquoi ? Qu'est-ce qu'on va faire ? Elle n'a pas voulu venir avec nous… Elle l'a dit.

— Les gens ne pensent pas toujours ce qu'ils disent, observa Squeaky, un brin sentencieux.

Il avait dit « les gens », mais en réalité il pensait « les femmes ». Il sortit, l'enfant sur ses talons. Ce jour-là, le temps était un peu plus doux. Finalement, peut-être ne neigerait-il pas à Noël. Là-dessus, Squeaky avait des sentiments mitigés.

— Qu'est-ce qu'on va faire ? répéta Worm.

Squeaky s'attendait à cette question.

— D'abord, on va chercher Éloïse. Elle est peut-être au même endroit, ou pas. Ensuite, on lui demandera de nous dire la vérité sur la raison qui la pousse à rester avec ces hommes. Si c'est pour l'or du cambriolage, qu'ils ne trouvent pas, ou si c'est pour se venger de ce qu'ils ont fait à son père.

— Et après ?

— Tout dépendra de ce qu'elle racontera…

À partir de là, il allait devoir inventer un peu.

— Il faut qu'on l'empêche d'essayer de les tuer, sans quoi ce sont eux qui finiront par avoir sa peau.

Worm lui attrapa la main en le tirant très fort.

— On doit la sauver ! Mais elle ne les tuerait pas ! Elle veut sûrement leur prouver que son père ne les a pas trahis !

Le désespoir était perceptible dans sa voix.

Squeaky devait-il lui expliquer qu'il fallait envisager que son père ait pu les trahir ? Worm voudrait-il qu'elle soit confrontée à cette possibilité ? Et si, au fond d'elle, Éloïse en avait conscience et s'efforçait de prouver le contraire ? Se débarrasser du démon du doute était ce qu'elle cherchait véritablement. Était-elle aussi tendue parce qu'elle avait peur de se tromper ? Auquel cas, que ferait-elle ? Finirait-elle par l'accepter ?

Il n'y avait aucun moyen de le savoir.

Tout le monde devait accepter d'être parfois déçu. Presque personne n'était jamais aussi bien qu'on le croyait. Peut-être était-ce ça l'amour : accepter quelqu'un tel qu'il était. Mais neuf ans n'était pas un âge pour le faire, pas plus que Noël n'en était le moment. Toute l'idée de Noël n'était probablement qu'une illusion. Néanmoins, trop de gens avaient besoin d'y croire.

L'enfant marchait en silence et courait par moments pour ne pas se laisser distancer. Mais il n'oublierait pas, et il continuerait à exiger une réponse. Ou il conclurait que Squeaky allait lui mentir, ne serait-ce qu'en se taisant. Dès lors, tous les silences deviendraient des mensonges, ou pourraient le devenir.

— On lui demandera, finit par dire Squeaky.

Worm sembla se satisfaire de cette réponse.

Trouver Éloïse ne se révéla pas facile. Ils retournèrent à la maison où ils l'avaient vue la fois précédente, mais, apparemment, il n'y avait personne. D'après ce qu'ils voyaient à travers les fenêtres, la pièce qui donnait sur l'avant était déserte, et toujours aussi sale.

— Elle n'est plus là, dit Worm, l'air tout malheureux. Elle n'aurait pas laissé la maison dans cet état…

— Tu es trop habitué au luxe ! commenta Squeaky en songeant à l'insistance de Claudine pour qu'on balaie et récure la clinique en permanence.

Elle tenait l'établissement comme un hôpital, ou ce qu'il supposait que devait être un hôpital.

— Je vais faire le tour par-derrière, enchaîna-t-il. Peut-être qu'elle veut seulement faire croire qu'il n'y a personne.

Il n'avait pas parlé à Worm de ce que lui avait raconté Goldie. Il préférait qu'il n'en sache rien. Ce n'était pas nécessaire. Il ne comprenait pas vraiment pourquoi il tenait à ce que ça reste un secret ou, s'il était ne serait-ce qu'à moitié honnête, pourquoi il ne voulait pas l'admettre. Plus il y réfléchissait, moins tout cela lui plaisait.

— Allons, viens ! dit-il vivement. Ne reste pas planté là !

Il fit le tour de la maison, l'enfant sur ses talons, puis s'engagea dans l'allée pavée qui menait à la porte arrière entre un tas d'ordures et une remise. Une lumière était allumée dans la cuisine.

Squeaky jeta un regard à Worm avant d'ouvrir la porte et d'entrer.

Éloïse se tenait au milieu de la pièce, un lave-pont à la main, un seau à ses pieds. Elle eut l'air surprise, et effrayée un instant, avant de le reconnaître. Elle leva le balai comme une lance. Trempée d'eau sale et jetée en plein visage, la serpillière aurait été une arme efficace.

— Qu'est-ce que vous voulez encore ? demanda-t-elle.

— Pourquoi ne pas vider ce seau d'eau dans l'égout et parler gentiment ? Le petit pense que vous pourriez avoir besoin d'aide. J'ai posé des questions ici et là à des gens que je connais. Je sais que votre père a été accusé du cambriolage qui a eu lieu chez Truscott. On n'a jamais retrouvé l'or, c'est exact ?

Le manche à balai dans les mains, Éloïse se figea telle une statue.

— Que savez-vous ?

— Il y avait deux hommes, peut-être trois, répondit Squeaky en prenant une chaise et en faisant signe à Worm de l'imiter. L'un d'eux était-il votre père ?

Elle laissa tomber la serpillière dans le seau, puis le repoussa contre le mur.

— Non. Il comptait aller avec eux, mais il a changé d'avis.

Ou il le lui a fait croire, songea Squeaky.

— Pour finir, qui a volé l'or ? Pas ces deux-là, sans quoi ils ne vous harcèleraient pas pour que vous leur révéliez où il est caché. Ils pensent que vous le savez.

Il la regarda droit dans les yeux. Éloïse était une jolie femme. À la beauté discrète. On pouvait contempler longuement son visage sans cesser de le trouver beau. Elle n'avait aucune raison d'être aussi attirante, mais, pour le bien du gamin, il n'allait pas chercher ce qu'il y avait de mal en elle.

Elle s'assit face à eux de l'autre côté de la table. D'un seul coup, elle parut fatiguée. Elle évita le regard de Squeaky.

— Ils l'ont persuadé de venir avec eux. Je ne sais pas comment ils s'y sont pris. Mon père n'avait pas besoin d'argent, pas à ce point, mais les affaires étaient difficiles…

— Que faisait-il ? demanda Squeaky en lui coupant la parole.

— Il était orfèvre. Il fabriquait des objets en étain. Des pichets, des théières, des salières… Il faisait de très belles choses.

Son visage se teinta de tendresse et de mélancolie, comme si elle revoyait les choses ravissantes que son père avait créées, des images du passé associées à des temps plus heureux.

Squeaky jeta un coup d'œil à Worm, puis regarda de nouveau Éloïse. Peut-être son père était-il vraiment un artiste. Ou pas. Autant faire semblant de le croire.

— C'est merveilleux. Qu'est-ce qui a mal tourné ? demanda-t-il.

— Un homme a commandé un service à thé, avec un pot pour le lait, un pour l'eau chaude et tous les accessoires. Mais l'argent avec lequel il a payé était faux.

Elle avait l'air au bord des larmes. Était-ce de vraies larmes ? De l'apitoiement sur elle-même ? L'histoire pouvait être vraie. Il y avait beaucoup de fausse monnaie en circulation, aussi bien des billets que des pièces. Il avait dû s'agir de billets. Un artiste du métal ne se serait pas laissé berner par de fausses pièces.

— Alors vous êtes…

— Oui. Mon père s'est laissé tenter par la part d'or qu'ils allaient voler. Ça nous aurait sortis de ce mauvais pas, et tout serait redevenu comme avant… Mais ensuite, il a changé d'avis.

— Après qu'ils ont volé l'or, conclut Squeaky.

Ce n'était pas une question. Sans cela, les deux autres ne s'en seraient pas pris à lui.

— Oui. Ils le lui ont confié pour qu'il le mette à l'abri, mais ils ne voulaient pas lui donner sa part, dit-elle en le regardant droit dans les yeux.

Pendant quelques secondes, Squeaky la crut, avant que son bon sens ne reprenne le dessus.

— C'est ce qu'il vous a raconté ?

— Je l'ai vu…

Éloïse hésita. Un souvenir d'une douleur amère, ou un mensonge prudent.

— Je l'ai vu tomber dans la Tamise. Le courant est fort, à cet endroit, et l'eau froide et sale. Surtout à cette période de l'année. Elle est si glacée qu'elle vous coupe le souffle. Il a sombré et il n'est jamais remonté…

Cette fois, ses larmes étaient bien réelles. Elle parvenait à pleurer sans grimacer, ce qui n'était pas fréquent.

Squeaky imaginait ce que ressentait Worm. Il devait avoir de la peine pour elle. Il n'avait jamais eu de père et n'avait pas connu sa mère, mais les rêves peignaient parfois une image plus douce que la réalité. Préférant ne pas regarder l'enfant, il se concentra sur Éloïse. Disait-elle la vérité ? Il observa durement chaque trait de son visage. Ses mains encore mouillées étaient posées sur la table. Il était incapable de le dire.

— Ils n'étaient pas là ? L'homme âgé et le jeune ?

— Non. Ils l'ont conduit là-bas, puis ils l'ont perdu un instant, mais mon père savait qu'ils le poursuivaient et n'avait nulle part où aller. C'est comme s'ils l'avaient tué…

— Où étiez-vous au moment où vous avez vu ça ?

— Plus loin sur le quai, répondit-elle sans hésiter. Ils sont arrivés juste après qu'il est tombé dans le fleuve.

— Ils ne l'ont pas vu ?

— Si, ils l'ont vu.

— Cette histoire remonte à deux ans. Pourquoi est-ce seulement aujourd'hui qu'ils s'en prennent à vous ? Ça n'a aucun sens !

— Ils me cherchaient, murmura-t-elle. Et ils ont fini par me retrouver. S'ils ne m'ont pas encore fait de mal, c'est uniquement parce que je leur ai raconté que mon père était toujours en vie.

Worm la regardait intensément.

— Il est en vie ?

Elle ferma les yeux, mais des larmes s'en échappèrent.

— Non. Je vous l'ai dit. Ils l'ont tué en le poursuivant sur le quai qui part de l'entrepôt qu'ils possèdent. Mais je leur ai fait croire qu'ils se trompaient, que mon père était arrivé au bout en passant en dessous sur la corniche.

Squeaky se demanda en quoi c'était désormais important.

— Et il avait l'or sur lui ?

— Non. Il l'avait caché quelque part. J'ignore où, mais je leur ai affirmé que je le savais.

— Pourquoi ?

Avant qu'Éloïse ait pu répondre, l'enfant dit :

— C'est quoi une corniche ? C'est en quoi ?

Elle parut se troubler.

Squeaky la dévisagea.

— Je n'ai jamais vu de corniche en dessous d'un quai ! Il y a seulement de l'eau, et si on tombe…

Personne ne ressort vivant s'il tombe dans la Tamise, qui n'est que boue, marées, courants et détritus !

— Ils ne le savent pas ! fit valoir Éloïse avec un air de défi. Et ils n'ont aucun moyen de le prouver ! Mon père pourrait être en vie !

— Mais il ne l'est pas, n'est-ce pas ? Vous ne l'avez jamais revu depuis.

Un long silence s'étira.

L'enfant, le visage assombri, regarda Éloïse, puis Squeaky.

Ce dernier hésita. Fallait-il renoncer ? Non. Il ne pouvait pas. S'ils allaient au bout des choses, quelles qu'elles soient, Éloïse prendrait le risque de venger la mort de son père, ou, pire encore, elle mettrait en place les conditions pour y parvenir. Elle était déjà allée très loin… Elle vivait dans une maison répugnante, et elle aurait beau frotter et frotter encore, jamais celle-ci ne serait propre. Sans doute était-ce des décennies de crasse qui tenaient les murs debout. Ou l'un des hommes laisserait libre cours à la violence qui sommeillait en eux depuis toujours. Quand ils comprendraient qu'elle n'avait pas l'or, que se passerait-il ?

Éloïse y avait-elle réfléchi ?

Ou bien savait-elle où il était ?

Non, ça n'avait pas de sens ! Elle aurait pu le changer petit à petit contre de l'argent, et vivre très correctement. Rien ne l'obligeait à rester à Londres. Elle aurait pu partir dans une centaine de petites villes et disparaître.

— Vous n'avez pas l'or.

Alors qu'Éloïse s'apprêtait à répondre, elle se tut brusquement. Elle ne savait pas quoi dire. Toutes les réponses qu'elle ferait la mettraient en danger. Il fallait qu'elle feigne l'ignorance pour se débarrasser de Squeaky. Néanmoins, elle avait besoin de savoir où se trouvait l'or, de manière à embobiner les deux hommes qui la surveillaient. Mais pour faire quoi ?

Cherchait-elle l'or, ou voulait-elle se venger ?

Squeaky l'observa. Son visage exprimait une véritable force en même temps qu'une étrange vulnérabilité. La jeune femme avait peur. Et elle ne parvenait pas à regarder Worm dans les yeux. Se doutait-elle à quel point il la trouvait magnifique ? Elle ne l'était pas selon les canons classiques : le regard, les cheveux, la peau, la façon de sourire, toutes ces choses qui pouvaient séduire un homme. Worm croyait voir en elle la beauté de l'esprit, une pureté, une gentillesse. Comme tous les enfants, il voyait ce dont il avait besoin pour parfaire l'image de la mère – ce que lui offrait l'histoire de Noël.

Mais certainement pas une femme assoiffée d'or, et plus encore de vengeance !

Pauvre Éloïse… Maudites soient les deux crapules qui lui avaient fait tant de mal ! Maudit soit le soleil qui avait brillé sur elle un instant, pile au moment où le gamin la regardait !

Il n'avait pas le temps de réfléchir davantage. Worm attendait tout en observant la jeune femme.

— Il faut qu'on les piège, déclara calmement Squeaky, ou qu'on les fasse douter. Il va falloir les décourager, ou les séparer.

— Pourquoi ? interrogea l'enfant.

— Parce qu'ils cherchent l'or, et qu'Éloïse ne l'a pas, mais qu'ils sont persuadés qu'elle sait où il est.

— L'or est perdu ?

— Oui. Mais ils ne la laisseront pas tranquille tant qu'ils n'en seront pas convaincus.

Allait-il percevoir la faille de ce raisonnement ?

Worm se tourna vers Éloïse.

— Vous n'êtes pas obligée de rester avec eux. Vous n'avez pas l'or, et on ne peut plus faire de mal à votre père. Le fleuve l'a eu.

La jeune femme se mordit la lèvre.

— Ils pensent que j'ai l'or parce que c'est ce que je leur ai raconté. Si je leur dis maintenant que je ne l'ai pas, ils ne me croiront pas.

— Qu'est-ce qu'on va faire ? demanda Worm à Squeaky.

Ce dernier était coincé.

— On va les embrouiller. Les faire douter d'eux-mêmes. Votre père… comment s'appelait-il ?

— Horace, murmura Éloïse.

Elle fixait Squeaky dans les yeux. Ce qui le mit légèrement mal à l'aise.

— À quoi ressemblait-il ?

Elle laissa échapper un soupir un peu tremblant avant de répondre.

— Il vous ressemblait beaucoup. Il n'était pas aussi grand que vous, mais à part ça… Si je me retournais brusquement, je pourrais vous confondre avec lui.

Squeaky la dévisagea. Elle soutint son regard en toute innocence… Vraiment ? Quelqu'un pouvait-il être aussi pur ?

Éloïse lut dans ses pensées et sourit.

— C'est une bonne idée, dit-elle tout bas. Je suis sûre que je peux trouver des choses qui nous aideront à vous faire passer pour lui. Autant s'y mettre tout de suite… Vous le ferez ?

Ce n'était pas une vraie question. Elle savait déjà qu'il le ferait.

Il n'y avait pas d'échappatoire. Squeaky accepta, comme s'il en avait eu l'intention dès le départ.

— Établissons un plan…

La première chose à faire était de semer le trouble. Ils parlèrent d'abord de l'homme le plus âgé, Oldham, sans doute le plus vulnérable. Éloïse confirma ce qu'avait dit Goldie : il voulait être quelqu'un d'important. Elle affirma à Squeaky que ce n'était pas par désir d'être aimé. Ça n'avait rien à voir. C'était bien d'inspirer la peur, mais être connu était ce qui comptait vraiment. À partir de là, on pouvait bâtir tout ce qu'on voulait.

De façon à créer une illusion qui piégerait Oldham, Éloïse fournit à Squeaky divers petits détails.

— Horace avait la manie de se racler la gorge quand il était en colère, pas sûr de lui, ou qu'il était ému. Il avait des cheveux longs, un peu comme vous… pas très propres. Il se passait la main dedans comme vous le faites de temps en temps, ajouta-t-elle en souriant pour qu'il ne se sente pas offensé. Je ne l'ai jamais vu avec un chapeau. Vous devrez enlever le vôtre…

Elle regarda son vieux chapeau avec regret.

— C'est dommage, il est joli… Je vous trouverai une écharpe à mettre autour du cou, une semblable à la sienne. Il la portait souvent. Surtout à cette période de l'année.

Squeaky avait beau se sentir acculé, il l'acceptait comme quelque chose d'inévitable. S'il devait faire ça, autant s'y prendre correctement. Ce serait plus qu'une question de chance. Il avait de plus en plus conscience que ça pourrait être une question de survie. Si on arrêtait ces hommes pour la mort d'Horace – peut-être sa mort n'était-elle pas accidentelle –, et que cette accusation vienne s'ajouter au vol de l'or, ils seraient condamnés à la pendaison, une brève balade suivie d'une longue chute, comme on disait. Il ne fallait pas qu'il l'oublie. Car eux ne l'oublieraient pas !

Squeaky voyait très bien qu'il aurait été préférable de laisser Worm face à la culpabilité de ne pas venir en aide à Éloïse, ou face à la déception qu'elle ne soit qu'une menteuse et sans doute bien d'autres choses. Quelqu'un le laisserait tomber – quelqu'un l'avait déjà fait – avant qu'il soit devenu adulte, sans parler d'après. Il y survivrait. Cet enfant n'était pas sous sa responsabilité.

Et pourtant, il reviendrait probablement à la charge. Il le savait aussi.

— Comment marchait-il ? demanda-t-il à Éloïse.

— Pardon ?

— Comment marchait-il ? Vous êtes sourde ? Est-ce qu'il boitait, faisait de longues enjambées ou de petits pas ? Se penchait-il en avant ? Partait-il d'un pied plutôt que de l'autre ? Réfléchissez, mademoiselle !

Éloïse fit de son mieux pour dissimuler un sourire. La volonté qu'il avait de faire les choses de façon convenable l'amusait. À un autre moment, peut-être aurait-il perçu ce que la situation avait de comique. Mais pas maintenant.

— Alors ? On se moquera de nous si on fait les choses de travers !

Elle effaça le sourire sur ses lèvres, mais pas dans ses yeux.

— Vous êtes un véritable artiste ! Vous avez déjà fait ce genre de choses auparavant ?

— Ce que j'ai fait auparavant ne vous regarde pas. Vous me répondez ?

— Mon père tournait son pied gauche légèrement à l'intérieur, et je suppose qu'il partait du pied droit, pour préserver l'autre, si vous comprenez ce que je veux dire. Et il marchait un peu penché en avant, et vite. C'est sans doute comme ça qu'il leur a échappé…

— Et il avait l'or sur lui ? Dans ce cas, il est au fond de l'eau…

— Non, je vous l'ai dit. L'or était caché. Ils le savent. L'or est lourd, et la boue profonde. S'ils savaient que l'or est au fond de la Tamise, ils ne le chercheraient plus ! Ils ont dû apprendre que mon père n'avait pas l'or sur lui au moment où il leur a échappé sur le quai.

La question demeurait : Éloïse voulait-elle l'or, ou voulait-elle se venger ? À moins qu'elle n'espère obtenir les deux ? Adieu la dame avec la lumière dans les cheveux !

Squeaky n'arrivait pas à regarder l'enfant, qui les observait et les écoutait attentivement. Que croyait-il maintenant ? Se rendait-il compte qu'Éloïse se servait de lui dans le but d'assouvir sa vengeance ? Peut-être pensait-il que c'était juste. Worm n'avait jamais eu de père. Sans doute croyait-il que tous les pères étaient bons, qu'il fallait les sauver dans la mesure du possible et, à défaut, au moins les défendre. Ou les venger. Comment diable Squeaky allait-il lui expliquer tout cela ?

Et pourquoi ne s'en allait-il pas tout simplement, comme n'importe quel homme sensé le ferait ?

Parce que Worm croyait que la jeune femme était innocente et en danger. En danger, elle l'était à coup sûr.

En revanche, elle était à peu près aussi innocente que n'importe quelle fille sournoise, avide d'argent et assoiffée de vengeance. Et qui avait la capacité de faire croire à des petits garçons idiots qu'elle était une sorte d'ange. Non, ce n'était pas ça… Les anges savaient veiller sur eux-mêmes. Cette femme représentait la mère douce et gentille que l'enfant n'avait pas, celle qui l'aurait aimé.

C'était pour cette raison que Worm ne la laisserait pas tomber.

Et que Squeaky – Dieu lui vienne en aide ! – ne pouvait pas laisser tomber le gamin.

— Regardez bien, mademoiselle ! ordonna-t-il.

Il était furieux contre Éloïse et contre Worm, mais surtout contre lui-même. Car de tous, c'était lui qui aurait dû faire preuve de bon sens.

— Est-ce qu'il marchait comme ça ? demanda-t-il en effectuant quelques pas, le pied gauche un peu rentré, le poids incliné vers la droite, légèrement penché en avant comme s'il était pressé. Alors ? s'agaça-t-il.

— C'est parfait, répondit la jeune femme avec un petit sourire en clignant des yeux. On dirait lui !

Squeaky avait eu l'intention de réagir, mais, d'un seul coup, il ne trouva pas les mots adéquats. Il n'avait pas envie de se mettre dans la peau d'un homme mort que cette fille avait aimé… et qui n'avait été qu'un voleur que d'autres crapules avaient tué pour de l'or ! Il ne voulait qu'une chose : retrouver la cuisine bien chauffée de Claudine, boire une tasse de thé et manger une part de cake.

— Bon, allons-y ! reprit-il d'un ton sec. On n'a pas toute la nuit devant nous ! C'est bientôt Noël.

Squeaky avait passé la journée précédente à procéder aux préparatifs en vue de cette aventure. Il fallait que tout se passe exactement comme il l'avait prévu, sans quoi ça ne marcherait pas.

Les gens s'étaient décarcassés en vue de Noël, sachant que leurs efforts seraient récompensés par la promesse de faire un bon repas. Les convives seraient plus nombreux à la table de Claudine qu'elle ne l'avait imaginé. Squeaky avait commandé une ou deux oies supplémentaires, ainsi que les ingrédients permettant de faire plusieurs puddings. À un moment donné, l'argent dépensé devrait être remboursé, mais il gardait toujours quelques pièces de côté pour les urgences. Or, là, c'en était une.

Conscient qu'ils auraient besoin de plus que d'un peu d'aide, il avait pris soin d'aller se faire payer de nombreuses dettes, en avait remis certaines en échange d'un coup de main et avait fait ici et là quelques promesses.

Après avoir inspiré un grand coup, il se mit en route.

Worm fit de même, à ceci près qu'il ne partit pas tout seul. Lorsqu'il s'en alla avec Éloïse, bien qu'on ne soit qu'au milieu de l'après-midi, la lumière déclinait déjà. Il avait une assez bonne mémoire, ce qui était indispensable quand on ne savait pas très bien lire ou écrire. De toute façon, ce n'était pas le meilleur moment pour sortir un bout de papier de sa poche et lire ce qu'on était censé faire.

Éloïse savait lire, mais elle aussi préférait se fier à sa mémoire. Et elle connaissait suffisamment bien ces rues pour y guider quelqu'un, ou le perdre !

Ils commenceraient à mettre en œuvre leur plan dès qu'ils auraient trouvé Oldham et Jeunot, ce qui ne serait pas très compliqué étant donné qu'ils avaient accepté l'invitation à boire un verre d'un marchand ambulant qui devait une faveur à Squeaky. D'ici peu, ils seraient installés sur un banc à l'entrée d'un pub, *The Three-Legged Man*.

Arrivé sur le seuil, Worm hésita. Il fallait qu'il fasse les choses bien. Ils allaient commencer à jouer leur rôle, et chacun d'eux dépendrait des deux autres, ainsi que de ceux que Squeaky avait achetés, ou menacés.

— Vas-y ! murmura Éloïse. Entre… et fais en sorte qu'ils te remarquent.

L'enfant prit sa respiration, faillit s'étrangler, puis se ressaisit. À l'instant où il franchit la porte, un courant d'air glacé s'engouffra avec lui, et il fit plus de bruit qu'il n'en avait eu l'intention. Il faillit trébucher sur les pieds d'Oldham. Pour ce qui était de se faire remarquer, c'était plutôt réussi !

— Regarde donc où tu vas, petit imbécile ! s'énerva Oldham.

Worm le dévisagea, puis, se rappelant soudain son rôle, tourna les talons et rentra de plein fouet dans Éloïse à la seconde où celle-ci passait la porte.

— Non, vous ne pouvez pas venir ici ! lui cria-t-il en faisant de grands signes. Ils vont vous voir !

La jeune femme poussa un cri affolé, regarda Oldham comme si elle avait vu un fantôme, puis ressortit aussitôt, suivie de près par le petit garçon qui se retourna une fois pour vérifier si les hommes les suivaient. Ils les suivaient.

Éloïse et Worm s'éloignèrent de la porte du pub. Oldham se heurta à un vieil homme tout maigre avec des cheveux blancs qui volaient dans le vent glacial et qui tenait une main devant son visage.

Oldham, bouche bée, se figea d'étonnement, si bien que Jeunot qui arrivait derrière se cogna contre lui.

— Abruti ! s'exclama ce dernier avec rage. Qu'est-ce que tu fais ?

Alors qu'Oldham fixait le vieil homme aux cheveux blancs d'un air incrédule, celui-ci remonta son col et tourna le dos. Lorsqu'il lui fit face de nouveau, son visage était complètement différent, et ses cheveux bruns et lisses. Il tenait un mouchoir blanc qu'il fourra dans sa poche, puis s'inclina en souriant.

— Vous êtes nouveau dans le quartier ? s'enquit-il aimablement, bien qu'Oldham ait failli le renverser.

— Non ! s'écria ce dernier, s'en voulant de la vision qu'il venait d'avoir. J'ai vécu ici toute ma vie !

L'inconnu le dévisagea.

— C'est curieux… Je ne vous ai jamais vu.

Et sans attendre d'être interrogé à son tour, il fit un pas de côté et se fondit dans l'ombre.

Worm pouffa de rire et, au cas où Oldham ne l'aurait pas entendu, il pouffa une seconde fois.

— Qu'est-ce qui te fait rire, espèce de petit imbécile ?

Oldham plongea vers lui pour lui asticoter les oreilles, exactement comme Squeaky et Éloïse l'avaient prévenu qu'il le ferait.

C'est alors qu'Éloïse avança son pied et fit un croc-en-jambe à Oldham, qui perdit l'équilibre, emporté par son poids.

Il atterrit à quatre pattes sur le trottoir. Lorsqu'il se redressa tant bien que mal, meurtri et tremblant de rage, Worm était hors de vue. Ne restait plus qu'Éloïse qui dévisageait les deux hommes d'un œil stupéfait. Elle se tourna vers Jeunot.

— Pourquoi avez-vous fait ça ? s'enquit-elle avec un regard incrédule.

Oldham se ressaisit.

— Où est le môme ? demanda-t-il.

— Quel môme ? rétorqua la jeune femme, l'air de ne pas comprendre.

— Celui qui était là avec toi, imbécile ! Il a trébuché sur moi.

Il jeta un regard alentour, mais Worm avait déjà disparu à l'angle de la rue en courant comme un damné, afin d'entraîner Oldham et Jeunot vers le prochain scénario déconcertant.

L'enfant attendait à côté d'un artiste des rues, un transformiste ayant l'allure d'une vieille femme qui vendait des lacets sur un plateau suspendu à son cou. Worm savait que le plateau se repliait, et qu'il se dépliait de nouveau pour devenir autre chose. Par ailleurs, il savait que le panneau de la rue indiquait quelque chose de différent de d'habitude, et que deux lampadaires, de façon inexplicable, n'avaient pas été allumés, de sorte qu'il faisait plus sombre de minute en minute.

Au bout de la rue, le croisement avait été bloqué par une carriole renversée, et l'enseigne du pub modifiée, *The Earl of Essex* remplacé par *The King and Sixpence.*

Éloïse était en train de reculer à pas lents. Elle devait rester hors d'atteinte en permanence, elle le savait. Et dès qu'elle fut certaine qu'Oldham et Jeunot la suivaient, elle bifurqua dans une rue qu'elle remonta jusqu'à l'endroit où Squeaky l'attendait.

Le calme régnait. Aucune voiture attelée ne circulait, aucun sabot de cheval ne résonnait. Il faisait presque noir et au loin brillaient des lumières jaunes et orangées. Cette nuit, il allait geler. Les pavés étaient déjà glissants ici et là.

La vieille femme qui vendait des lacets se planta soudain devant les deux hommes troublés.

— S'il vous plaît, Mr. Oldham, quelque chose pourrait vous être utile ? Vous avez sûrement besoin d'un…

Brusquement, elle se tut.

— Oh, excusez-moi, monsieur, je vous avais pris pour quelqu'un d'autre ! J'aurais pourtant juré que… De loin, vous lui ressemblez comme deux gouttes d'eau ! Pardon de vous avoir importuné, monsieur !

La vieille femme s'éloigna, puis accéléra le pas et disparut à l'angle de la rue.

Oldham la regarda s'en aller.

— Quelle abrutie ! maugréa-t-il. Elle est sûrement ivre !

Puis il se tourna vers Éloïse.

— Qu'est-ce que tu regardes ?

Faisant semblant de ne pas l'entendre, elle suivit la vieille femme, comme si les deux hommes n'étaient pas là sur le trottoir.

Worm l'observait et, au moment où elle passa près de lui, il l'attrapa par la main.

— Vous allez bien ? murmura-t-il.

— Il est fou de rage ! dit précipitamment Éloïse. On ferait mieux de ne pas se faire attraper… Il faut qu'on soit sûrs qu'il monte sur la colline et passe devant les autres pour qu'il ne sache plus que croire. On vient juste de commencer… On doit encore aller jusqu'à l'entrepôt, car si on ne les emmène pas jusque-là, le plan ne marchera pas.

— On va y arriver, assura l'enfant, et il paraissait en être persuadé.

Il voulait absolument l'être.

Ils remontèrent la rue en vitesse. La pente était encore faible, mais Éloïse continua à lui tenir la main. Il ne faisait pas encore assez sombre pour risquer de se perdre, néanmoins, c'était bon de sentir quelqu'un près de soi. Ils n'avaient pas le temps de regarder si les hommes les suivaient.

— Vous savez où on est ? demanda Worm alors qu'ils arrivaient à un croisement.

Sans hésiter, Éloïse tourna à gauche. Là, immobiles et silencieux, ils attendirent quelques minutes, jusqu'à ce qu'ils voient les deux hommes passer et commencer à monter la colline.

— Viens ! dit-elle soudain. Il faut qu'on les suive, au cas où ils n'iraient pas où je pense qu'ils vont.

L'enfant obéit sans broncher.

— J'ai habité ici quand j'étais petite, reprit Éloïse qui ralentit le pas. Est-ce qu'ils sont toujours devant nous ?

Worm se précipita plus loin dans la brume. Il n'aimait pas ça, cependant il y avait peu de chances qu'Oldham, ou Jeunot, ne soit pas là, plus près qu'il ne le souhaitait. Il n'aperçut personne d'autre. Dès qu'il revint vers Éloïse, il lui agrippa la main un peu plus fort.

Brusquement, un âne sortit d'une entrée dissimulée et, juste derrière, une carriole sur laquelle étaient empilées très haut toutes sortes de choses. Ce qu'ils faisaient là dans la pénombre brumeuse était incompréhensible. Un vieil homme marchait à côté de l'animal. Ils s'arrêtèrent dans le passage devant les deux hommes.

Éloïse et Worm entrèrent sous un porche. Le vieil homme avec l'âne portait un manteau qui descendait jusqu'au sol – non que celui-ci soit très loin, car l'homme était tout petit et portait un immense chapeau haut de forme.

— Ne crie pas ! dit ce dernier sans s'adresser à personne, avant de se tourner vers Oldham. C'est vous, Mr. Tucker ?

— Non ! aboya Oldham. Et enlevez-moi cette maudite carriole de là !

— C'est Noël, rétorqua le vieil homme, comme si c'était une explication rationnelle au fait qu'il se trouve là au beau milieu du chemin en compagnie d'un âne.

Puis il fit avancer l'animal de quelques pas, de sorte qu'il bloquait maintenant la moitié de la route.

— Dégagez le passage ! lui cria Oldham.

— Le matin est encore loin, observa aimablement le vieil homme. Vous n'êtes pas pressé, ajouta-t-il en caressant l'âne d'un geste affectueux. Noël viendra où que vous soyez, Mr. Tucker, ne vous tracassez pas !

— Je ne suis pas Tucker ! hurla Oldham encore plus fort.

Il leva la main comme s'il allait frapper l'âne.

Le vieil homme avança aussitôt son bras.

— Vous frapperiez un âne ? La veille de Noël ? C'est une terrible chose à faire, Mr. Tucker ! Que ça vous porte malchance le reste de votre vie ne me surprendrait pas… Allons, viens, Moke ! dit-il à son âne. Ne restons pas ici. Il va se passer de vilaines choses, je le sens… Les morts reviennent chercher ce qui leur appartient.

L'âne sembla enfin disposé à bouger, et assez vite.

Il avança au petit trot en tirant la carriole.

Cependant, les deux hommes étaient loin d'être rassurés. On aurait dit qu'ils venaient de voir un fantôme revenu se venger. Ils se remirent en marche, puis s'arrêtèrent de nouveau. Derrière eux, Worm et Éloïse durent en faire autant, au risque de trop se rapprocher et de se faire repérer.

L'enfant les observait, incertain ; il ne savait pas trop ce qui allait se passer ensuite, ni si leur plan était vraiment excellent. Les deux hommes paraissaient ébranlés, mais à quoi cela servirait-il s'ils n'allaient pas jusqu'à l'entrepôt ?

C'est alors qu'Oldham se figea en retenant son souffle. Worm regarda ce qu'il regardait. Il faisait plus sombre, et le brouillard se levait, épais par endroits. Il faisait aussi horriblement froid. Un vieil homme qui venait de déboucher d'une allée perpendiculaire marchait devant eux. Sa démarche était bizarre ; son pied gauche tournait vers l'intérieur, pas le droit. Grand et maigre, avec de longs cheveux blancs, il ne portait pas de chapeau, mais avait une grosse écharpe. Il semblait avoir un but, comme s'il se rendait à un endroit précis, et en toute hâte. À un moment donné, il jeta un coup d'œil derrière lui et sembla accélérer l'allure. C'était Squeaky !

Oldham s'immobilisa sur le trottoir, comme paralysé.

L'enfant faufila sa main dans celle d'Éloïse et sentit qu'elle la serrait très fort. Elle-même avait l'air de ne pas en croire ses yeux.

En dépit de son pied gauche tordu, l'homme qui les précédait marchait vite.

Revenant à la vie, Oldham se précipita soudain pour rattraper le vieil homme et lui cria quelque chose d'inintelligible, mais l'autre sembla ne pas le remarquer. Devant lui s'était formée une couronne de brume, qu'il traversa comme s'il y voyait à la perfection. Jeunot les suivit.

Worm et Éloïse avancèrent, dès lors tout près des deux hommes. L'enfant dut courir sur quelques mètres pour rester à la hauteur de la jeune femme.

Le vieil homme qui boitait disparut dans le brouillard, puis Oldham derrière lui.

— Viens ! dit Éloïse au petit garçon en le tirant plus ou moins.

Le brouillard se referma sur eux telle une couverture humide, piquetée d'aiguilles de glace. Puis ils le traversèrent, et la nuit redevint subitement claire. Oldham était là, sur le trottoir, et regardait alentour. L'autre, Jeunot, était en train de disparaître plus loin devant. Quant au vieil homme, il s'était volatilisé. Il n'y avait aucune ruelle sur le côté, ni de porches assez profonds pour s'y cacher. Il avait tout simplement disparu.

Worm et Éloïse s'étaient tellement rapprochés qu'Oldham ne put faire autrement que les voir.

Il fit un pas vers eux, avant de réaliser que ce n'était qu'une femme accompagnée d'un enfant. Dans la lueur du crépuscule et le brouillard, alors que l'éclat des lampadaires qui se reflétait sur la chaussée mouillée projetait plus de reflets que d'ombres, il hésita et commença à prendre peur. Il ne pensait qu'au spectre qu'il avait vu devant lui, et à des horreurs survenues dans le passé.

Éloïse continua à tirer Worm, d'un air résolu. Ils passèrent à côté d'Oldham en faisant semblant de ne pas le voir. La jeune femme tenait la main du petit garçon avec tant de fermeté que, même s'il l'avait voulu, il n'aurait pu se dégager. D'ailleurs, il ne chercha pas à le faire.

Où était Squeaky ? Était-il toujours quelque part devant eux ?

Ils ne se retournèrent pas pour vérifier si Oldham les suivait, bien que résister à l'envie de le faire ne soit pas facile.

— Ne t'inquiète pas, murmura Éloïse. Je sais que c'est Squeaky. Enfin, je crois… Il a exactement la même allure que mon père…

Sa voix était chargée d'émotion.

— Votre père vous protégeait ? demanda Worm.

Aussitôt, il se dit qu'il n'aurait pas dû. Et si la réponse était non ? Si son père n'avait pas veillé sur elle ? Tout le monde ne se comportait pas toujours de cette manière. Même les pères. Lui n'en avait jamais eu, mais c'était ce qu'il imaginait. Quant à sa mère, il n'en conservait qu'un très vague souvenir, elle ne cessait de changer d'apparence, comme si elle avait été plusieurs personnes différentes. Mais elle parlait beaucoup. Lorsqu'il se sentait bien quelque part, il entendait toujours une voix qui chantait quelque chose. Les paroles n'avaient souvent aucun sens – c'était juste un joli son.

Éloïse n'avait pas répondu à sa question. Peut-être que la réponse était décevante…

— Il va aller où ? préféra demander Worm – il parlait de Squeaky.

Ils avancèrent un peu encore. Ils avaient laissé Oldham les doubler dans la chiche lumière et le voyaient devant eux, marchant d'un pas si décidé qu'il ne leur avait même pas jeté un regard. Après avoir tourné à un angle, il parcourut une centaine de mètres, puis repartit de l'autre côté. Éloïse le suivit sans hésiter. Il faisait désormais complètement nuit ; la seule lumière provenait des lampadaires, dont certains étaient cassés. Worm avait beau écarquiller les yeux, il n'apercevait plus le vieil homme. Est-ce que c'était bien Squeaky ?

— On s'est perdus ? finit-il par demander à Éloïse.

— Non, répondit-elle avec assurance. Oldham sait où il va.

— Il va où ?

— Dans un vieil entrepôt sur la Tamise, là où tout s'est passé.

— Comment vous le savez ?

— Je… je le sais, voilà tout ! C'est ce qu'on a prévu.

— L'autre homme sera là ?

— Je n'en sais rien. Peu importe. Oldham fera l'affaire.

— Il fera l'affaire pour quoi ?

Bien qu'il ne comprenne pas très bien ce qu'elle voulait dire, il fut pris d'une idée épouvantable, et qui n'avait aucun rapport avec l'or. Quelque chose comptait encore plus, sinon pour Oldham, du moins pour Éloïse.

Et, soudain, la même scène se répéta. Arrivé devant une fourche, Oldham sembla hésiter. Worm et Éloïse étaient tout près de lui. Le brouillard paraissait plus épais dans la rue qui partait vers la gauche. Il tourna vers la droite.

Éloïse retint sa respiration. Elle avait dû le faire assez fort, car l'homme se retourna et les regarda bien en face.

La jeune femme observait la rue sur la gauche, comme si elle n'avait pas vu Oldham.

Alors qu'il regardait dans la même direction, Worm aperçut le vieil homme aux longs cheveux blancs qui flottaient au vent. Il les fixait ! Était-ce Squeaky ? Il ne lui ressemblait pas… Enfin, pas vraiment.

L'enfant se figea. Un vent glacial soufflait, humide et salé. Ils se rapprochaient de la Tamise. Du côté sud leur parvenait le son lancinant d'une corne de brume, à la fois inhumain et empreint d'une profonde solitude.

L'homme qui boitait leva la main. Était-ce un salut ou une menace ? Puis, dans un éclat de rire, il tourna les talons et passa sous le halo d'un lampadaire avant de se fondre dans le brouillard. C'était bien Squeaky.

Worm avait reconnu son rire. Sa silhouette demeura visible un instant avant de s'évanouir.

Oldham laissa échapper un rugissement de rage que vint noyer une toux rauque, suivie d'un sanglot.

— Papa ! s'écria Éloïse en dépassant Oldham, sans lâcher la main de Worm.

Celui-ci n'eut d'autre choix que de la suivre. Oldham les rattrapa en cinq enjambées. Plus fort et plus rapide, il n'était en outre pas encombré par des jupes et ne traînait pas un enfant derrière lui. Il les remarqua à peine. Ils auraient tout aussi bien pu être une femme sans abri et son enfant. Il se mit soudain à courir comme s'il savait enfin où il allait : il ne suivait ni un homme réel ni un fantôme, il fonçait vers un endroit familier, qui était synonyme d'horreur, mais également d'un butin, lequel occultait tout le reste dans son esprit.

Éloïse ralentit le pas, puis finit par s'arrêter, hors d'haleine.

— C'est seulement Squeaky, lui dit Worm, qui maintenant lui tenait la main plus qu'elle ne tenait la sienne.

— Je sais… murmura-t-elle. Oui, je le sais.

— Vous avez dit que votre père était mort, lui rappela-t-il.

Sans doute était-ce cruel, mais ce n'était pas le moment de faire semblant. Quelque chose en elle lui faisait peur. La jeune femme regardait droit devant, vers la rue où Oldham s'était précipité derrière la silhouette qui devait être celle de Squeaky.

— Vous l'avez dit ! insista l'enfant. Et vous savez que Squeaky s'est habillé comme votre père pour faire peur à Oldham. D'ailleurs, pourquoi est-ce qu'il a si peur de lui ?

— Parce qu'il l'a tué !

Éloïse eut beau s'exprimer à voix basse, elle prononça cette phrase avec une réelle satisfaction.

— Il croit que c'est le fantôme de mon père revenu le tuer à cause de ce qu'il a fait !

Dans la lueur du lampadaire, son visage avait une expression différente. De minuscules gouttelettes de brume scintillaient dans ses cheveux.

— Il l'a tué, reprit Éloïse, lentement et distinctement. Ils l'ont poursuivi sur le quai, et il a basculé dans l'eau qui s'est refermée sur lui… sombre et glaciale comme une tombe. On y entre vivant… mais on sait qu'on n'en sortira pas ! Elle vous remplit les yeux, les oreilles, la bouche…

— Arrêtez !

Worm avait voulu crier, mais sa voix s'était étranglée à moitié.

La jeune femme demeura silencieuse. Il vit le malheur qu'elle ressentait, auquel s'ajoutait de la haine. Oldham avait tué son père et, pour elle, c'était comme si c'était arrivé la veille. Il essaya d'imaginer ce que lui-même ressentirait, en vain. C'était trop dur, trop épouvantable. Il ne pouvait faire qu'une seule chose : lui tenir la main, même si, à son avis, elle ne le sentait pas.

— Viens ! reprit Éloïse en le tirant. Il ne faut pas qu'on les perde.

— Pourquoi ? Vous savez bien que Squeaky ne sait pas où est l'or.

— L'or ? répéta-t-elle comme si elle ne comprenait pas de quoi il parlait.

— Vous voulez récupérer l'or ?

À la seconde où il posa la question, il sut que ce n'était pas ce qu'elle voulait. Éloïse voulait se venger. L'or n'était qu'un prétexte, tout comme l'idée qu'Oldham prendrait Squeaky pour le fantôme de l'homme qu'il avait tué. Ou pour le vrai ? Et qui était encore en vie, bien que ce soit incompréhensible ! Qui avait échappé à la boue du fleuve en atterrissant sur une corniche, ainsi qu'elle le leur avait raconté. Et il savait où était caché l'or.

Brusquement, il lui lâcha la main.

— C'est pour ça que vous aviez besoin de Squeaky. Et s'ils le tuent lui aussi ?

— Ils ne le feront pas ! Ils n'en feront rien !

Elle s'immobilisa en lui faisant face.

— Ils ont commis cette erreur la première fois. Ils ont tué mon père avant de savoir ce qu'il avait fait de l'or ! Cette fois, ils ne le tueront pas tant qu'ils ne sauront pas où le trouver !

— Squeaky n'en a aucune idée ! Comment pourrait-il leur dire quelque chose ?

— Il ne peut pas.

— Mais alors… pourquoi ?

À l'instant où Worm posa la question, il eut une idée.

— Vous ne les laisserez pas lui faire du mal, dites ?

— Non, bien sûr que non ! répondit Éloïse sans le regarder.

L'enfant se demanda ce qu'il allait faire. Squeaky et lui étaient venus dans l'intention de sauver la jeune femme ! Pour empêcher Oldham et Jeunot de la retenir prisonnière, ou, pire, de la frapper. Mais elle ignorait autant qu'eux où était caché l'or. Elle leur faisait croire que Squeaky était le fantôme de son père, ou vraiment son père qui avait survécu et revenait récupérer le butin. Étant donné qu'il avait été avec eux lorsqu'ils l'avaient volé, il était probablement le seul à savoir où il se trouvait. Son père était l'un des voleurs, en dépit du fait qu'elle prétendait le contraire.

Cependant, si ce dernier était en vie et s'il avait voulu rendre l'or, il l'aurait fait depuis longtemps. Il avait eu deux ans pour cela ! Oldham le savait. Tout cela n'avait aucun sens.

Alors qu'ils passaient sous un lampadaire, la lumière jaune enrubannée de brume les para d'un éclat surnaturel et fit paraître les ombres plus noires. Éloïse avait le visage tendu, comme accablé de douleur. En voyant cela, Worm en ressentit lui aussi, et il s'affola. La douleur transformait la jeune femme d'une manière qui ne lui plaisait pas.

— Viens, lui dit-elle. Sans quoi on va les perdre. Je peux veiller sur moi toute seule.

Worm interpréta sa phrase comme une façon de le congédier, mais il n'en continua pas moins à lui tenir la main, et ils se précipitèrent derrière les deux hommes. Squeaky était quelque part devant eux, ainsi qu'Oldham, et sans doute Jeunot.

Ils étaient maintenant tout près de la Tamise. L'air sentait la marée, la vase et le sel. Le brouillard les enveloppait de plus en plus souvent. Par moments, la nuit était d'une parfaite clarté ; à d'autres, des bandes de brume flottaient tels des châles gigantesques qui masquaient les pavés et la chaussée, s'enroulaient autour des lampadaires au point de quasi les dissimuler. Puis une rafale de vent les dissipait, et elles n'étaient plus que des ombres blanches qui se déchiraient au loin. De temps à autre, plusieurs silhouettes étaient visibles, notamment celle d'Oldham, qui avait l'air fou de rage. Et marchant devant ces silhouettes noires, on distinguait celle de Squeaky ; ses cheveux flottaient au vent, ses bras et ses jambes formaient des angles bizarres, et il boitait du pied gauche.

Worm savait où ils allaient.

D'immenses bâtiments se dressaient alentour, avec d'immenses portes sous lesquelles pouvaient passer une carriole et un cheval. Ils étaient hauts de deux ou trois étages, certains plus, mais dépourvus de fenêtres. Il s'agissait des entrepôts où étaient conservées les marchandises qui arrivaient sur les quais à bord de grands navires et qui attendaient dans le Pool de Londres. Étaient-ils vides, ou remplis de choses en provenance de pays lointains ?

Personne ne vivait ici. On n'apercevait aucune lumière colorée, pas plus que de passants affairés à préparer Noël que l'on fêterait le lendemain ni de chanteurs de cantiques, et il était encore trop tôt pour que les cloches des églises carillonnent.

Worm courut à côté d'Éloïse. Elle ne suivait pas simplement Oldham ; elle aussi savait où elle allait.

Le son lugubre d'une corne de brume résonna de nouveau. Sur le fleuve, le brouillard devait être encore plus dense. Ils étaient maintenant tout près de l'eau. Worm sentait des gouttelettes glacées lui cingler le visage.

Squeaky avait disparu quelque part devant eux. La seule personne que l'enfant apercevait était Oldham.

— Avance, dit soudain Éloïse. On y est presque !

— Où ça ? demanda-t-il.

Il sentait dans sa main que le bras de la jeune femme s'était raidi. Comme sans doute tout son corps.

L'entrepôt duquel ils approchaient se dressait dans la pénombre. Même en levant les yeux, Worm ne parvenait pas à distinguer le sommet qui disparaissait dans la noirceur du ciel. C'était comme s'ils étaient enfermés dans une boîte dont on aurait fermé le couvercle.

Éloïse l'entraîna vers une porte latérale et, aussitôt, Worm perçut la différence. Il n'y avait plus ni rafales de vent ni petites aiguilles de glace. L'air était parfaitement calme et glacial, mais il avait une étrange odeur de rance, comme si quelqu'un de très fatigué et de très sale l'avait inhalé puis expiré.

— On va où ? murmura-t-il.

— Les retrouver. Viens !

Éloïse lui serra la main, sans doute pour ne pas le perdre et être obligée de revenir le chercher. Ou, plus probablement, pour que les autres ne le trouvent pas et ne se servent pas de lui contre elle. Si les hommes le détenaient, renoncerait-elle à s'en prendre à eux ? N'étant pas sûr de ce qu'elle ferait, il préféra ne pas poser la question. Éloïse les haïssait plus qu'elle ne l'aimait bien lui, il en était certain.

Et bien qu'elle l'emmenât quelque part où il n'avait pas très envie d'aller, il avança à ses côtés.

La jeune femme s'immobilisa brusquement. Des voix leur parvinrent un peu plus loin : celles d'Oldham et de Jeunot. Ce dernier devait avoir attendu là depuis un moment. Worm ne les voyait pas, mais il les entendait distinctement.

— Où est passé le vieux ? demanda Jeunot.

Apparemment, il était troublé.

— Là où Horace gardait ses affaires, évidemment ! répliqua Oldham. Il a caché l'or quelque part par là. C'est logique.

— Oh, très malin ! se moqua Jeunot. Comme si on n'avait pas déjà cherché ! On a eu beau tout retourner, on n'a rien trouvé !

— Si cette vieille ordure est toujours en vie, où mieux le cacher que là où on a déjà cherché ? Imbécile !

— Dans ce cas, pourquoi il t'a fallu deux ans avant de le comprendre ? rétorqua Jeunot d'un ton railleur.

— Je le croyais mort, maugréa Oldham.

— Qui t'a dit qu'il ne l'était pas ?

— Éloïse ! D'après toi, pourquoi on l'a emmenée avec nous ?

— Ma foi, je crois avoir une petite idée là-dessus !

— Tu as déjà tenté ce genre de choses avec elle ? Inutile de me mentir. Je sais qui t'a fait cette morsure au bras… Et ce ne sont pas les rats !

— La prochaine fois, je l'aurai !

— Et ensuite ? Tu devras la tuer, sans quoi elle s'en prendra à toi !

— Eh bien, je la tuerai ! Qu'est-ce que ça peut faire ? Une fois qu'on aura l'or, on n'aura plus besoin d'elle. On avait besoin d'elle pour trouver le vieux. Qu'est-ce qui l'a poussé à revenir, à ton avis ?

— Il est revenu parce qu'il a laissé l'or ici ! Pas pour sa fille, ça c'est sûr ! Sinon il l'aurait emmenée avec lui la première fois, pauvre abruti !

Worm sentit Éloïse tressaillir. Tout en elle sembla se crisper, comme quand on s'attend à recevoir un coup. Ce père ne ressemblait pas du tout à celui qu'elle avait décrit. L'avait-elle oublié ? Ou bien croyait-elle à ce qu'elle aurait aimé qu'ait été son père ? Il pouvait le comprendre. Il éprouva pour elle un pincement de pitié. Ça faisait très mal.

Puis il pensa à ce que les hommes avaient l'intention de faire à Éloïse. Il avait vu des hommes maltraiter des femmes, juste par plaisir, et il avait entendu des cris que jamais il n'oublierait.

— Est-ce qu'il faut qu'on prenne l'or ? demanda l'enfant. Si on les laisse, ils le trouveront de toute façon, et ils s'entretueront.

— J'ai besoin de le voir de mes yeux, répondit Éloïse d'une voix dure. Je veux être certaine qu'ils l'ont trouvé. Car sinon, chacun d'eux pensera que l'autre a mis la main dessus d'abord.

— Et Squeaky ?

— Ne t'inquiète pas… Il s'en sortira.

Worm savait qu'elle mentait. Sa colère était telle qu'elle en avait oublié Squeaky. Il allait devoir faire quelque chose lui-même. Il essaya de dégager sa main, mais elle la retint fermement.

Tous deux se figèrent en entendant du bruit. Et, soudain, il y eut une sorte de raclement, puis un point lumineux minuscule apparut. L'un des hommes venait de craquer une allumette ; peu à peu, une scène prit forme autour d'eux. Au début, ils virent seulement une main qui tenait une chandelle devant une lanterne. À la seconde où la mèche s'enflamma, une lueur jaune éclaira les alentours. Ils distinguèrent le visage d'Oldham tout en plans et en angles, les deux taches sombres à la place des yeux, les sourcils noirs, les joues et le menton mal rasés.

Jeunot, accroupi à côté de lui, souriait ; la lumière se reflétait sur ses dents et dans ses yeux, semblables à deux billes de verre bleu.

Éloïse serra la main de Worm plus fort.

Où était Squeaky ? Était-il là en train d'observer et d'écouter lui aussi ? Est-ce qu'il allait bien ?

Le petit garçon ignorait à quelle hauteur se trouvait le plafond, ou le toit. Il ne voyait que dans un rayon d'un peu plus d'un mètre autour des deux hommes : deux silhouettes accroupies au-dessus d'une lanterne, des caisses en bois, dont deux éventrées, le contenu éparpillé. Aux confins du halo de lumière, d'autres caisses et ballots empilés telles des ombres donnaient l'impression d'une hauteur et d'une obscurité qui s'élevaient à l'infini.

Pendant de longues secondes, personne ne bougea.

Worm étreignit la main d'Éloïse.

Et tout à coup, du fond de l'obscurité, un rire tonitruant retentit au-dessus d'eux. Puis un deuxième, plus doux, mais tout aussi distinct.

Oldham se redressa d'un bond. La lanterne se balança dans tous les sens. La lumière balaya l'intérieur caverneux de l'entrepôt. Des marchandises étaient entassées par terre au milieu, mais la plupart des murs étaient nus. Peut-être attendait-on une cargaison ? Il y avait un étage, à quatre mètres au moins plus haut, et un escalier en bois qui menait à un balcon. La faible lueur d'une lanterne éclairait les cheveux blancs de Squeaky. On aurait dit un squelette animé : des mains osseuses aux doigts écartés, un visage cadavérique qui souriait en révélant des dents irrégulières. Ses bras et ses jambes demeuraient invisibles.

Jeunot poussa un hurlement, sans que Worm puisse décider s'il était de colère ou de terreur ; d'ailleurs, il s'en fichait. Squeaky allait bien, et il était là avec eux.

Ce dernier agita la main, puis s'éloigna de la rambarde et disparut. Ils entendirent résonner ses pas tandis qu'il courait le long du balcon et empruntait une passerelle.

Les deux hommes se précipitèrent derrière lui dans l'escalier. La lanterne oscilla frénétiquement.

Éloïse tira Worm si fort qu'il trébucha et s'accrocha à elle pour ne pas tomber. Elle suivait les hommes qui tenaient la lanterne : les repérer était facile. En revanche, le petit garçon avait du mal à voir où il mettait les pieds sur les marches. Arrivés en haut de l'escalier, ils s'engagèrent à leur tour sur la passerelle. Éloïse se cogna dans un ballot et s'étala de tout son long en entraînant l'enfant dans sa chute. Mais elle tenait tellement à ne pas perdre Oldham et Jeunot qu'elle ne cria même pas. Elle se releva, empoigna Worm et courut encore plus vite pour les rattraper.

La lumière se balançait devant eux, s'élevait de plus en plus haut à mesure qu'Oldham montait un autre escalier en jurant entre ses dents.

Worm avait mal aux jambes, mais il n'avait d'autre choix que de continuer, ou de se retrouver tout seul dans cette immense caverne sans savoir où étaient les autres, à des kilomètres de là, partis sans lui, ou en train de le guetter, tapis dans l'obscurité. De toute façon, il fallait qu'il reste avec Éloïse, car elle s'apprêtait à faire quelque chose d'épouvantable. Il devait à tout prix l'en empêcher. Personne d'autre ne le ferait, pas même Squeaky, étant donné qu'il ignorait tout de ses intentions.

Ils heurtèrent la première marche d'un autre escalier. Mais il n'y avait pas le temps de penser à la douleur. Immédiatement, ils commencèrent à monter encore plus haut. La lumière avait disparu. Ce qui signifiait que les autres étaient plus loin : Squeaky avec la première lanterne, Oldham avec la seconde.

Les marches étaient très raides ; Éloïse dut soulever ses jupes pour ne pas trébucher. Dégringoler jusqu'en bas serait fatal. On pouvait se briser le cou. Worm se concentra sur la montée.

Arrivés en haut, ils reprirent leur souffle. L'escalier était long. En comptant le premier, ils avaient dû gravir au moins trois étages ordinaires. Ici, il faisait tout aussi froid, mais plus gris que noir, comme s'il y avait de la lumière quelque part, une sorte de lueur grise au dernier étage. Et l'odeur de vase et de sel s'était intensifiée. En se penchant dans l'air glacé, Worm distingua vaguement les contours des murs de l'entrepôt qui se détachaient dans une ouverture sur le ciel.

Il sentit les doigts d'Éloïse se resserrer sur son bras. Devant eux, une minuscule lumière jaune brillait. Était-ce Squeaky… ou Oldham ?

— Avance prudemment, murmura la jeune femme.

— Ils ne peuvent pas nous voir, rétorqua Worm. On n'a pas de lanterne… et de toute façon, il fait complètement noir.

— C'est vrai, convint Éloïse. Mais si on se casse la figure, ils nous entendront.

Elle le tira un peu et repartit avec autant d'assurance que si elle voyait à la perfection. Savait-elle où elle allait ? Savait-elle tout, y compris où était caché l'or, et faisait-elle semblant ?

Ils avancèrent lentement le long du passage, en sentant l'air nocturne se rapprocher à chaque mètre parcouru.

Éloïse s'immobilisa brusquement et plaqua Worm tout contre elle.

L'enfant se figea. Et là, il entendit une voix. C'était celle d'Oldham, qui avait l'air d'avoir peur et d'être fou de rage.

— Ne reste pas là à bredouiller et à tendre les mains ! Tu n'es pas un fantôme, que diable !

Il n'y eut pas de réponse. S'adressait-il à Squeaky ? Sans doute.

— Où est l'or ? s'écria Jeunot. Tu l'as laissé ici il y a deux ans !

— Non, dit Oldham, la voix méprisante. Il est revenu après qu'on est venus fouiller partout, et c'est à ce moment-là qu'il l'a laissé !

— Pourquoi il aurait fait ça ?

— Comment je le saurais ? Peut-être parce qu'on le poursuivait et qu'il se doutait qu'on avait déjà cherché ici ?

— Pour ce que ça nous a servi !

— Peut-être que la police était à ses trousses !

Le rire parfaitement distinct retentit soudain.

Squeaky ?

— Fais attention, murmura Worm entre ses dents. Oh, fais bien attention à toi…

Il aurait voulu ajouter « pauvre idiot », mais ça n'aurait pas été respectueux, or il avait du respect pour Squeaky. Si celui-ci se trouvait là, c'était uniquement parce que l'enfant qu'il était avait poursuivi un rêve stupide, et il l'avait accompagné de manière à le protéger. Maintenant, Worm le comprenait.

— Il faut qu'on l'aide, chuchota-t-il à Éloïse.

— Chut ! siffla-t-elle, tout en avançant de quelques pas.

Le petit garçon trébucha à plusieurs reprises, mais ils arrivèrent au bout du passage où la lumière était grise, comme si elle venait du ciel au-dessus d'eux. Peut-être que les nuages s'étaient en partie déchirés et que la lune brillait.

Éloïse s'immobilisa et lui fit signe de se taire. Ils étaient sur une sorte de balcon, devant quelques marches en bois qui menaient à un petit bureau. Deux lanternes posées sur le sol donnaient à l'espace un aspect étrange : tout était éclairé par en dessous au lieu de l'être par au-dessus. Les visages semblaient différents ; la lumière jaune placée sous le menton faisait ressembler les yeux à deux trous dans la tête et accentuait le nez et les pommettes. Les peaux étaient dorées, les têtes informes dans l'obscurité. Les mains projetaient des ombres immenses.

Oldham et Jeunot fourrageaient dans de vieux tiroirs et des caisses. Squeaky, à l'écart, les observait. Il paraissait exagérément grand, comme si sa tête était à plus de deux mètres au-dessus de celles des deux hommes qui s'agitaient fébrilement.

Aucun d'eux ne leva les yeux assez longtemps pour apercevoir Éloïse ou Worm. L'enfant jeta un regard en biais à la jeune femme. Les autres risquaient de la voir car, même à cette distance, la lumière de la lanterne l'éclairait en partie et jouait dans l'or de ses cheveux.

Quand il la tira légèrement en arrière, elle sembla comprendre pourquoi.

Jeunot termina de fouiller les tiroirs d'une vieille commode, qui étaient pour la plupart cassés, et ne se donna pas la peine de les refermer. Il jura, puis passa à une caisse. Apparemment, il ne se rendait pas compte que Squeaky l'observait, et encore moins Éloïse et Worm.

Oldham se retourna pour vérifier que Jeunot continuait à chercher, puis il se remit à en faire autant de son côté.

Les secondes s'écoulèrent.

Et, soudain, Oldham poussa un cri.

Tout le monde se tourna vers lui. Il était en train d'explorer le contenu d'une valise ; délicatement, il en sortit une boîte en métal. On aurait dit qu'il savait que l'or se trouvait à l'intérieur. Il la leva devant lui. Son regard exprima de la jubilation.

Jeunot envoya promener la caisse qu'il fouillait. Elle rebondit sur une autre et vola en éclats. Il se précipita vers Oldham.

Loin au-dessus d'eux, Squeaky suivait la scène sans en perdre une miette.

Éloïse était si immobile que Worm se demanda si elle respirait. Puis elle lui serra la main si fort qu'elle lui fit mal. Il tenta de se dégager, mais elle ne lui prêta pas attention. Elle ne voyait qu'une chose : la boîte en métal de son père.

Oldham voulut l'ouvrir. Le couvercle résista. Il essaya une seconde fois.

Jeunot lâcha un juron et écarta brutalement Oldham. Il eut beau y mettre toutes ses forces, le couvercle refusa de céder. Puis il souleva la boîte et, en voyant la façon qu'il eut de se pencher, Worm comprit qu'elle était très lourde. Était-elle remplie d'or ? Remplie à ras bords ?

Pendant un long moment, Oldham et Jeunot se dévisagèrent.

Worm sentit Éloïse le lâcher pour s'avancer. À l'autre bout de la pièce, au même niveau qu'eux, Squeaky fit un pas en avant et leva la main en souriant. Il recula aussitôt dans l'ombre et, lorsque l'enfant regarda de nouveau, il avait disparu.

Les deux hommes continuaient à s'acharner sur la boîte. Quand Oldham la secoua, quelque chose de lourd et de métallique résonna. Un sentiment de triomphe illumina ses traits.

C'est alors que Worm se tourna vers Éloïse. Son visage était pleinement visible dans la lumière des deux lanternes. Elle donnait l'impression de savourer enfin une victoire longtemps attendue. Un grand sourire retroussait les coins de ses lèvres. Un sourire qui n'était ni doux ni gentil, mais satisfait. En réalité, méchant.

— Alors, vous l'avez trouvé ? lança-t-elle aux deux hommes.

Oldham respira un grand coup et fut pris d'une quinte de toux. L'endroit était plein de poussière.

— Oui, répondit-il avec un sourire, comme s'il avait su qu'elle était à proximité. Tu ne pensais pas qu'on y arriverait, pas vrai ? dit-il en agitant la boîte. Tu entends ? L'or est là !

Éloïse descendit les marches avec précaution, elle marqua un temps d'arrêt sur chacune d'elles.

— Oui. Le vôtre… et le sien, dit-elle, la main pointée vers Jeunot. Disons, à part égale. À moins que vous ne vouliez davantage ? Après tout, c'est vous qui avez fait le plus gros du travail…

— Hé ! protesta Jeunot, les traits déformés par la fureur. C'est moi qui me suis chargé de la partie la plus dangereuse ! Tu te moques de qui ?

Oldham se redressa à son tour, rouge de colère.

— Et tu voudrais plus que la moitié ? Tu auras ta part, rien de plus !

— Tu comptes me voler ? s'écria Jeunot en brandissant le poing.

Worm jeta un coup d'œil vers Éloïse. Il s'attendait à ce que son visage exprime de la peur – il le voulait –, mais il ne vit que du contentement. Les deux hommes avaient tué son père, et ils allaient maintenant s'entretuer. Pour de l'or, ou simplement par haine ?

Il la tira par la manche.

— Vous ne pouvez pas les laisser faire ça… Éloïse !

— Si. Ils ont tué mon père. Ils peuvent bien s'entretuer !

Il n'y avait en elle aucune douceur. Uniquement de la colère, et une immense douleur.

Une boule se forma dans la gorge de Worm ; il avait le cœur gros. Cependant, il était piégé, trop grand pour se mettre à pleurer comme un petit garçon. Il déglutit péniblement.

— Mais alors, vous ne valez pas mieux qu'eux !

La jeune femme se tourna vivement vers lui.

Il s'en voulut de ne pas arriver à retenir ses larmes qui jaillirent et coulèrent sur ses joues.

— Je suppose que tu voudrais que je les en empêche ? rétorqua-t-elle.

Incapable d'articuler un mot – il avait la gorge trop serrée –, l'enfant hocha la tête.

— Arrêtez ! cria Éloïse.

Puis elle descendit les dernières marches et les rejoignit.

Oldham la gifla, si fort qu'elle faillit perdre l'équilibre.

— Idiot ! lui lança-t-elle. Vous ne pouvez même pas ouvrir la boîte !

Les deux hommes la dévisagèrent.

— Va-t'en, Éloïse ! On n'a plus besoin de toi, dit Jeunot d'un air mauvais. Combien il y a pour lui ou pour moi ne te regarde pas. Va-t'en… pendant qu'il est encore temps !

— Vous ne parviendrez pas à l'ouvrir sans moi, dit-elle le plus calmement du monde.

— Ah oui ? Et ensuite tu t'en iras ?

Elle n'hésita qu'une seconde.

— Ou vous resterez là à vous demander comment ouvrir la boîte sans être obligés de faire intervenir quelqu'un que vous devrez payer… ou pire… avec qui vous devrez partager ! Vous y avez pensé ? conclut-elle en haussant les sourcils d'un air moqueur.

Oldham s'avança vers elle.

— Qu'est-ce que tu veux en échange ?

— M'en aller. Avec l'enfant.

— Ça te coûtera le double.

— Le double de quoi ? Rien plus rien, ça fait toujours rien ! Je vais vous ouvrir la boîte.

De la poussière entra dans sa gorge et la fit tousser.

— Ouvre-la ! ordonna Oldham.

Éloïse se tourna vers Worm, qui se tenait à un mètre d'elle.

— Va-t'en, lui dit-elle avec le plus grand sérieux. Tu dois me le promettre, et tenir parole, sinon ils ne me laisseront pas partir. Tu comprends ? Tu sais ce qu'est une promesse ?

— Oui.

— Tu es capable de tenir une promesse ?

— Oui…

— Ouvre cette maudite boîte ! s'énerva Jeunot. C'est quoi, toute cette poussière ?

— C'est juste de la farine, dit Oldham. Ferme-la… et apporte la boîte.

— Worm, tu me le promets ? insista Éloïse. Il faut que tu t'en ailles… et tout de suite !

— Et vous ?

— C'est à moi de m'inquiéter d'eux, pas à toi. Va-t'en vite !

Lentement, l'enfant obéit, mais dès qu'il arriva dans l'ombre, il se retourna. Et au bout d'une minute, il se dirigea à pas de loup vers l'endroit où il avait aperçu Squeaky pour la dernière fois.

Éloïse tenait un objet pointu dans la main. Elle s'agenouilla et introduisit la pointe dans un petit trou situé à l'arrière de la boîte. Elle la tourna pendant un moment, puis le couvercle s'ouvrit.

Aussitôt, Oldham s'empara de la boîte pour prendre ce qu'il y avait à l'intérieur. Il en sortit un morceau de métal. Gris et terne.

— C'est du plomb ! s'écria-t-il d'un air dégoûté.

Puis il en attrapa un deuxième, tout aussi gris.

— C'est quoi ? cria-t-il à Éloïse.

Elle fit un pas en arrière, puis un autre.

— De l'étain, répondit-elle. Mon père travaillait l'étain, vous l'aviez oublié ?

Jeunot arracha la boîte à Oldham et la retourna.

Worm vit que celle-ci était lourde. Pas étonnant qu'ils aient cru qu'elle contenait de l'or !

Éloïse était en train de reculer loin d'eux.

Oldham jurait et donnait des coups sur la boîte. Jeunot la lui reprit et tapa dessus de toutes ses forces.

Sans faire de bruit, la jeune femme remonta les marches et, arrivée en haut, s'éloigna rapidement dans l'ombre du passage.

Jeunot jura comme un damné et balança la boîte le plus loin possible. Celle-ci heurta la rambarde et rebondit sur les bords métalliques d'un baril.

Au même instant, Worm vit de l'or briller, de l'or jaune à l'endroit où la couche d'étain avait été arrachée, juste avant qu'un éclat aveuglant le fasse tomber à la renverse.

Où était passée Éloïse ? Péniblement, il se releva, meurtri, mais rien de pire. Il aurait sans doute mal plus tard, mais là, ce n'était pas plus grave que s'il était tombé du haut d'un ballot sur les quais.

Il ne savait pas du tout où était Squeaky. Cependant, là, il fallait qu'il retrouve Éloïse, au cas où elle serait blessée. Il suivit le mur à tâtons sur quelques mètres en reculant vers le passage, puis déguerpit aussi rapidement qu'il le put dans la direction où il l'avait vue s'éloigner.

Il l'aperçut devant lui, et soudain, tout devint d'une telle clarté qu'il la vit distinctement ; la lumière était aussi éblouissante que dans une lanterne, et il y avait un bruit épouvantable, assourdissant.

Worm se cogna contre Éloïse à laquelle il s'accrocha. Ils se retrouvèrent tous les deux projetés par terre.

Elle s'appuya sur lui et se releva tant bien que mal.

— Où donc étais-tu ? demanda-t-elle d'un air fâché.

— Je suis allé de l'autre côté pour voir si vous alliez bien, répondit-il en se relevant à son tour.

— De l'autre côté de quoi ?

— De là où était Squeaky. Que s'est-il passé ?

Éloïse rajusta ses jupes et l'attrapa par la main.

— Il faut filer en vitesse… Ils vont nous poursuivre. Ils sont fous de rage que l'or ne soit pas là… Mais… qu'est-ce que c'est que ça ?

Elle revint en courant dans le passage.

Worm se retourna et vit les flammes écarlates. C'était de là que provenaient le bruit et la lumière… La pièce qu'ils venaient de quitter était en feu !

Le rugissement était de plus en plus fort, la chaleur de plus en plus intense.

— Viens avec moi ! cria Éloïse. Cours !

— Il faut qu'on retrouve Squeaky ! protesta l'enfant.

Une nouvelle explosion retentit, et une partie du balcon en bois s'effondra un étage plus bas.

Cette fois, l'enfant ne discuta pas. Main dans la main, ils détalèrent à toutes jambes.

Un cri rageur s'éleva derrière eux, sans qu'il soit possible de dire si c'était à cause de l'incendie, de la jeune femme et l'enfant, ou d'un différend entre les deux hommes.

On entendait crépiter les flammes qui ravageaient les caisses et les barils, tout ce que le feu pouvait consumer.

Worm s'accrocha à Éloïse. Ils s'enfuirent, titubant de-ci de-là et tombant de temps à autre. Ils devaient trouver la sortie. Il ne faisait plus noir, tout avait pris une teinte orangée, et la fumée les étouffait.

— Dépêche-toi ! cria Éloïse. Il faut sortir d'ici en vitesse !

Elle le tira plus fermement. L'enfant résista.

— Mais… et Squeaky ? On ne peut pas partir sans lui !

— Est-ce qu'ils nous poursuivent ? demanda-t-elle dans un souffle.

— Ils ont trouvé l'or !

— Non. Tu as bien vu que la boîte était vide…

— Oui, je sais, mais elle était en or.

— Quoi ?

La stupéfaction d'Éloïse fut telle qu'elle arrêta de courir.

— Il faut retrouver Squeaky ! répéta Worm. On ne peut pas le laisser ici !

— Il a dû s'échapper par une autre porte. Si Oldham nous rattrape, il nous tuera ! Parler d'or maintenant ne sert à rien… Il n'y en a pas !

Derrière eux, pas très loin, ils entendirent Oldham crier.

— La boîte était en or, s'entêta Worm. Quand il l'a jetée, elle a atterri sur quelque chose de dur qui a fait une grosse entaille dessus, et l'or est apparu… Il était malin, votre père !

La voix d'Oldham se rapprochait.

— Retrouvons cette traîtresse et finissons-en avec elle ! Si on doit griller ici, elle aussi !

À ces mots, Éloïse repartit en courant. Elle entraînait l'enfant si vite que ses pieds ne parvenaient pas à trouver d'appui sur le sol inégal.

Alors qu'ils tournaient à un angle, une autre partie du bâtiment céda, et trois étages de bois en flammes s'écrasèrent dans la rue.

— Non, pas par ici ! cria Éloïse.

Elle tira Worm si fort que, cette fois, il tomba.

Il s'était fait mal. Elle l'aida à se relever.

— Je ne sais pas où est la sortie, mais il ne faut pas qu'on traîne ! Des centaines de sacs de farine sont entreposés ici… Ils pourraient exploser. Squeaky ne voudrait pas que tu te fasses tuer ! Peut-être qu'il nous attend dehors…

Éloïse reprit l'enfant par la main.

— Dépêchons-nous ! Le feu vient de ce côté et, quand il arrivera, tout va sûrement exploser !

Worm la suivit. Il n'avait pas vraiment le choix. La chaleur était atroce, la fumée les asphyxiait. Le rugissement des flammes se rapprochait de plus en plus. Oldham et Jeunot se rapprochaient eux aussi. Le petit garçon avait très peur. S'il les rattrapait, Oldham leur ferait du mal, il le savait. Non seulement les deux hommes couraient plus vite, mais ils étaient plus forts. Il ne pourrait pas sauver Éloïse, pas plus que se sauver lui. Et imaginer Squeaky au milieu de toutes ces flammes lui était insupportable.

Ses poumons le brûlaient ; sa gorge le piquait à cause de la fumée et de l'air âcre et brûlant.

Ils ne devaient plus être très loin de la sortie !

Et si Squeaky était à l'endroit où jaillissaient les flammes ?

Dans ce cas, il était mort. Cette pensée était trop douloureuse.

Mais s'il était là, Éloïse retournerait le chercher... Même s'il la ralentissait, elle ne le laisserait pas mourir...

Avant que Worm ait pu raisonner davantage, une nouvelle explosion retentit, semblable à la déflagration d'une bombe – un vacarme épouvantable. Il se retrouva projeté en l'air en ayant l'impression que plus jamais il ne retomberait. Et, soudain, il atterrit violemment sur le sol. Personne ne l'avait jamais frappé comme ça.

Pendant de longues secondes, il ne put même pas bouger. Puis, lentement, il se redressa et aperçut le plus grand incendie qu'il avait jamais vu de sa vie. Tout l'arrière de l'entrepôt avait disparu, les flammes montaient jusqu'au ciel, d'un blanc incandescent au milieu, jaunes, orange et rouges tout autour, tandis que s'élevaient des colonnes de fumée semblant sortir de la plus haute cheminée du monde.

Où était Éloïse ? Worm essaya de se relever, mais la tête lui tournait.

Et d'un seul coup, surgissant de nulle part, il y eut de l'eau partout sur le sol, d'immenses fontaines jaillirent en l'air et se dirigèrent vers les flammes.

Quelqu'un l'empoigna. Worm voulut crier, mais il avait la gorge trop sèche pour émettre un son. Alors qu'il se débattait comme un asticot, il sentit un homme costaud dont la veste avait une odeur bizarre le soulever puis le reposer sur les pavés. Il aperçut la carriole des pompiers, les chevaux attelés qui piaffaient et, derrière eux, d'énormes citernes remplies d'eau. Une autre citerne attendait un peu plus loin. Devant chacune, des hommes parlaient doucement à l'oreille des chevaux apeurés pour les apaiser.

C'était un pompier qui avait retrouvé Worm à l'endroit où l'avait projeté l'explosion.

— Éloïse ! Où est-elle ? demanda l'enfant en se forçant à retrouver sa voix.

Le pompier lui tendit un verre d'eau.

— Tu es blessé ?

— Non… Où est Éloïse ?

— Là-bas. Elle est un peu secouée, mais ça va aller… Est-ce qu'il y a quelqu'un d'autre à l'intérieur ?

— Oui. Un vieil homme avec un manteau et sans chapeau. Il a les cheveux blancs. Quelque chose s'est enflammé… et il y a eu plusieurs explosions terribles ! Je vous en supplie, allez le chercher…

— On va aller voir. Quelqu'un d'autre ?

— Oui. Deux sales types. Ce sont eux qui ont mis le feu… Il faut que vous retrouviez Squeaky…

Le pompier eut pitié de lui.

— Personne ne survit au milieu d'un tel brasier, petit… La farine peut exploser, surtout dans un endroit clos. Reste ici… et obéis ! Je n'irai pas te chercher une seconde fois !

Worm fut très content de faire ce que l'homme lui disait. Il souffrait de brûlures en plusieurs endroits. Sa poitrine lui faisait mal chaque fois qu'il respirait, tout comme sa gorge. Il s'interrogeait sur ce qu'était devenu Squeaky. C'était important. Désespérément important. Tout ce qu'ils avaient fait n'aurait servi à rien si Squeaky ne s'en sortait pas vivant… Y penser le faisait plus souffrir que tout le reste.

Éloïse avait renoncé à se venger. C'était bien. Et même mieux que bien. Quant à l'or, il ne serait jamais à personne. Ça aussi, c'était bien.

Lorsque la jeune femme s'approcha de l'enfant dans la lueur rougeâtre qui emplissait l'atmosphère, elle le trouva en train de pleurer en silence à chaudes larmes.

— Vous avez vu Squeaky ? lui demanda-t-il avec un soudain regain d'espoir.

Elle secoua la tête.

— Il n'y a plus personne de vivant à l'intérieur. Je… je suis désolée.

— Alors… on rentre à la maison ?

Worm se leva avec difficulté en chancelant. Éloïse le rattrapa.

— Oui, répondit-elle, bien qu'elle n'ait aucune idée de ce qu'était sa maison.

Elle le serra dans ses bras.

— Où est-ce ? demanda-t-elle.

— À Portpool Lane. C'est…

Ses yeux se remplirent de larmes.

— C'est là qu'on vit, Squeaky et moi…

Il n'osa pas en dire davantage.

Éloïse lui caressa les cheveux, mais elle ne trouva pas quoi dire pour le réconforter. À sa manière, peut-être se sentait-elle tout aussi triste ?

Worm renifla et s'écarta de la jeune femme.

— Peut-être qu'il est là-bas. On devrait aller voir… Il… il se préparait à fêter Noël. Il aimait bien ça. Ce Noël-là devait être spécial.

— On y est presque, dit Éloïse. On est au milieu de la nuit, le moment où tout commence. Squeaky ne voudrait pas que tu passes ce Noël spécial dans une mare d'eau à regarder un entrepôt brûler, n'est-ce pas ?

L'enfant secoua la tête, la gorge trop nouée pour parler.

— Allons-y, dit-elle gentiment.

— C'est loin d'ici.

Il refusa de bouger. Discuter ne servait à rien, ils le savaient tous les deux. Sans Squeaky, il ne pourrait pas y avoir de vrai Noël.

Éloïse attendit quelques instants.

— Il fait trop chaud pour rester là, dit-elle tandis que de nouvelles flammes rugissaient vers le ciel.

Worm lui prit la main, et ils s'éloignèrent à pas lents. Au moment où ils arrivaient au bout de la rue, que le rougeoiement éclairait quasi comme en plein jour, une silhouette les rattrapa. La silhouette la plus débraillée que l'enfant avait jamais vue. Son pantalon était déchiré en plusieurs endroits, et calciné ; son manteau, autrefois élégant, maintenant roussi d'un côté, n'avait plus qu'une manche ; des particules noires parsemaient ses cheveux ; et son visage cadavérique, maculé de suie, avait une ou deux taches rouges là où des braises volantes l'avaient brûlé. Mais il souriait.

— Squeaky ! s'écria Worm.

Il se précipita pour le serrer de toutes ses forces et s'accrocha à lui comme si plus jamais il ne le lâcherait.

Squeaky commença à protester, puis il renonça et le souleva dans ses bras. Il lança un coup d'œil à Éloïse pour la mettre au défi d'oser faire un commentaire.

Quand finalement il reposa l'enfant par terre, ils s'en allèrent tous les trois.

— Vous venez passer Noël avec nous ? demanda Squeaky à la jeune femme. Nous avons de l'oie rôtie, du pudding et un gâteau. Et il y a des rubans rouges un peu partout.

— Vous voulez bien ? ajouta Worm.

— J'aimerais beaucoup, répondit-elle, l'air hésitant, en les regardant tour à tour comme pour être sûre qu'ils y tenaient vraiment.

Alors qu'ils passaient sous un lampadaire, la lueur capta les larmes dans ses yeux et la lumière dans ses cheveux, qui étaient un peu roussis, mais toujours aussi resplendissants. Quelque part en haut d'un clocher, les cloches se mirent à carillonner.

Quoi que Squeaky et Claudine aient pu raconter à Worm au sujet de Noël, la réalité dépassa de loin ce qu'il avait imaginé. Lorsqu'ils prirent place pour festoyer, à côté du sapin décoré et de la crèche, au milieu des couronnes de houx et des nœuds en satin rouge énormes que l'enfant avait aidé à suspendre avec tant de fierté, tout le monde souriait. Il se fit la réflexion que toutes les oies croustillantes de Londres devaient être en train de fumer sur cette table à Portpool Lane.

— On n'allait pas prendre le risque de ne pas avoir assez à manger, observa Squeaky en découpant une généreuse portion. Tiens, fais passer à Éloïse…

Tandis que Worm remplissait son assiette de pommes de terre rôties – personne ne compta combien –, il se dit qu'il vivait là le plus beau jour de toute sa vie.

— Si on portait un toast ? proposa Squeaky à Claudine.

Elle regarda les personnes assises autour de la table, qui en étaient venues à tant compter pour elle.

— Oui, on devrait.

Dès qu'elle se leva, tout le monde l'imita, y compris Worm, qui ne savait pas trop ce qui allait se passer.

— Levons tous nos verres… Un très joyeux Noël à tous !

— Joyeux Noël ! répondirent-ils tous en chœur.

Après qu'ils eurent mangé les oies, la farce, les légumes, les sauces et les puddings de Noël – encore meilleurs que les simples puddings aux raisins –, et alors que chacun se sentait un peu étourdi et rassasié, le petit garçon décida que le moment était venu d'offrir son cadeau à Claudine.

— Je vous ai trouvé ça, dit-il timidement. C'est pour vous dire merci… pour tout ce que vous avez fait pour moi.

Claudine parut aussi surprise que ravie. Elle prit le petit paquet, dénoua délicatement le ruban rouge, puis déplia le papier doré. Les yeux immenses et brillants, elle sortit l'écharpe.

— Oh, Worm… Oh, mais c'est magnifique ! Je te remercie…

Elle l'embrassa sur la joue. Après quoi elle mit l'écharpe sur ses épaules en admirant le motif de roses et la douceur de la soie.

— Merci… Je n'ai jamais rien vu d'aussi ravissant !

— Je suis content qu'elle vous plaise, dit Worm.

— Je l'adore !

L'enfant s'affaissa sur sa chaise, puis posa sa tête sur les genoux de Claudine, en songeant à la soirée merveilleuse qu'il avait passée depuis que les cloches avaient carillonné à minuit. Cependant, ce serait cet instant, cette minute, qu'il choisirait de se rappeler pour toujours.

Du même auteur
aux Éditions 10/18

À L'OMBRE DE LA GUILLOTINE, n° 3690
DU SANG SUR LA SOIE, n° 4470

Série « Petits crimes de Noël »

LA DISPARUE DE NOËL, n° 3858
LE VOYAGEUR DE NOËL, n° 3961
LA DÉTECTIVE DE NOËL, n° 4068
LE SECRET DE NOËL, n° 4174
LA PROMESSE DE NOËL, n° 4279
LA RÉVÉLATION DE NOËL, n° 4389
UN NOËL PLEIN D'ESPOIR, n° 4496
L'ODYSSÉE DE NOËL, n° 4607
LE SPECTACLE DE NOËL, n° 4770
NOUVEAUX CONTES DE NOËL
UN NOËL À KANPUR, n° 4841
LE CONDAMNÉ DE NOËL, n° 4983
UN NOËL À NEW YORK, n° 5130
UN NOËL EN SICILE, n° 5255
UN NOËL À JÉRUSALEM, n° 5393
LE CURIEUX NOËL DE MRS. ELLISON, n° 5499
UN NOËL AU BORD DE LA TAMISE, n° 5609

Série « Charlotte et Thomas Pitt »

L'ÉTRANGLEUR DE CATER STREET, n° 2852
LE MYSTÈRE DE CALLANDER SQUARE, n° 2853
LE CRIME DE PARAGON WALK, n° 2877
RESURRECTION ROW, n° 2943
RUTLAND PLACE, n° 2979
LE CADAVRE DE BLUEGATE FIELDS, n° 3041
MORT À DEVIL'S ACRE, n° 3092
MEURTRES À CARDINGTON CRESCENT, n° 3196

Silence à Hanover Close, nº 3255
L'égorgeur de Westminster Bridge, nº 3326
L'incendiaire de Highgate, nº 3370
Belgrave Square, nº 3438
Le crucifié de Farriers' Lane, nº 3500
Le bourreau de Hyde Park, nº 3542
Traitors Gate, nº 3605
Pentecost Alley, nº 3665
Ashworth Hall, nº 3743
Brunswick Gardens, nº 3823
Bedford Square, nº 3884
Half Moon Street, nº 3948
La conspiration de Whitechapel, nº 3987
Southampton Row, nº 4029
Seven Dials, nº 4086
Long Spoon Lane, nº 4111
Buckingham Palace Gardens, nº 4227
Lisson Grove, nº 4333
Dorchester Terrace, nº 4509
Bryanston Mews, nº 4653
L'inconnue de Blackheath, nº 4786
La disparue d'Angel Court, nº 5043
L'attentat de Lancaster Gate, nº 5178
Un traître à Kensington Palace, nº 5362

Série « Daniel Pitt »

Un innocent à l'Old Bailey, nº 5444
Le manoir d'Alderney, nº 5567
Le brasier de Tooley Street

Série « William Monk »

Un étranger dans le miroir, nº 2978
Un deuil dangereux, nº 3063
Défense et trahison, nº 3100

VOCATION FATALE, n° 3155
DES ÂMES NOIRES, n° 3224
LA MARQUE DE CAÏN, n° 3300
SCANDALE ET CALOMNIE, n° 3346
UN CRI ÉTRANGLÉ, n° 3400
MARIAGE IMPOSSIBLE, n° 3468
PASSÉ SOUS SILENCE, n° 3521
ESCLAVES DU PASSÉ, n° 3567
FUNÉRAILLES EN BLEU, n° 3640
MORT D'UN ÉTRANGER, n° 3697
MEURTRES SUR LES DOCKS, n° 3794
MEURTRES SOUTERRAINS, n° 3917
MÉMOIRE COUPABLE, n° 4230
LA FIN JUSTIFIE LES MOYENS, n° 4446
UNE MER SANS SOLEIL, n° 4579
UNE QUESTION DE JUSTICE, n° 4747
DU SANG SUR LA TAMISE, n° 4816
LE COULOIR DES TÉNÈBRES, n° 5101
VENGEANCE EN EAU FROIDE, n° 5228
MEURTRE EN ÉCHO, n° 5376
MARÉE FUNÈBRE, n° 5461

Série « Joseph et Matthew Reavley »

AVANT LA TOURMENTE, n° 3761
LE TEMPS DES ARMES, n° 3863
LES ANGES DES TÉNÈBRES, n° 4009
LES TRANCHÉES DE LA HAINE, n° 4024
À LA MÉMOIRE DES MORTS, n° 4140

Série « Elena Standish »

DANS L'ŒIL DU CYCLONE

Achevé d'imprimer en octobre 2020 en Espagne par Liberdúplex